天字醫號

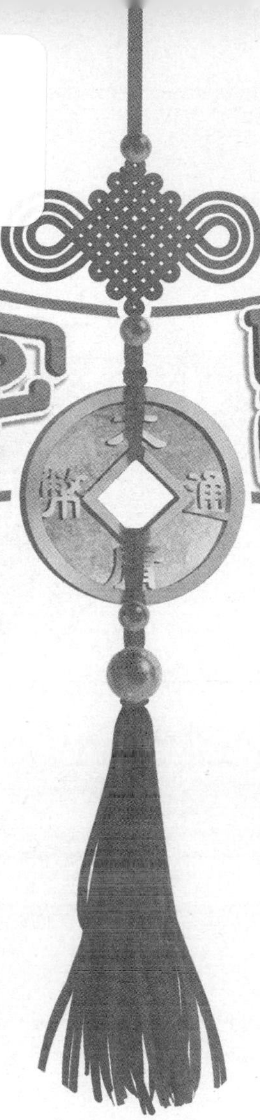

穿越成炮灰女配角

顧晚晴

普通可愛的現代女孩兒，
穿越到人人唾棄的驕縱大小姐身上，身懷異能。
以平常心面對各方面的打擊與困難，
以異能取得「天醫」身分，
最終重獲親情也得到愛情。

傅時秋
當今皇帝的私生子，
極度崇尚自由，卻因顧晚晴而放棄自由，
甘願入皇室宗牒束縛身分，
甘心付出，也希望得到回報，但並不強求，
最終獲得一份平實的愛情。
—零参—

目錄

第一章

【一件麻煩事】

顧晚晴最近碰上了一件麻煩事，為了這件事她不得不每天忙著做玉石研究，研究的物品是一塊巴掌大小，通體潔白光潤得沒有一絲瑕疵的圓形玉珮。

她怎麼也想不通，她為什麼就能毫無徵兆的變成另外一個人呢？大雍朝天醫神針顧氏家族的大小姐，除了這個有著一長串頭銜的身分，她還有一個響亮的名字——顧還珠。

就差那麼一點點，當她睜開眼睛看著一大群人圍著她叫「還珠」的時候，她差點以為自己成了小燕子。

她也沒被雷劈啊？顧晚晴常常在回想，那天她只是抱著傾慕之情向玉石店老闆借玉珮一觀，怎麼就能觸發機關，跑到這連朝代都沒聽過的地方來了呢？難道這就是傳說中的主角光環附體？

嘆了口氣，顧晚晴第一千七百次摸遍了玉珮的正面反面，第五百次唸佛祖保佑太上老君急急如律令，還首度嘗試了聖母瑪利亞阿門，以杜絕此玉珮是舶來品的可能。最後，顧晚晴操起銀針，第二十八次用針扎手指頭。

她想回去啊！

其實原本她也沒有這麼迫切的想要回去，反正她上無老下無小沒什麼牽掛，她還曾對自己現在的優厚生活產生了那麼一點點的豔羨之情，落後是落後了點，但這是真正的飯來張口衣來伸手啊！顧晚晴覺得，她緊衣縮食了二十來年，也是時候接受一下享樂主義糖衣炮彈的殘酷檢驗了！

不過這個決心才下了兩天，顧晚晴起夜的時候因為不習慣半封閉狀態的八步床而碰了頭，然後腦子裡就多了點東西，雖然訊息很少，大多又是殘破的畫面，可人物鮮明，衝突明顯，並不妨礙她看明白其中的內容。驚出了一身冷汗後，顧晚晴覺得財富還是要靠雙手來創造，享樂主義是萬惡的根源，要堅決抵制不勞而獲，用勤勞與汗水開創未來！

從那之後，她開始每天研究這塊玉珮，希望能找到回去的關鍵。

站在旁邊的丫鬟和樂一言不發的看著顧晚晴刺破了手指，將滲出的鮮血塗到玉珮上，再唸唸有詞不知道在說什麼。

這一個多月以來，面對顧晚晴的行為，和樂由起初的驚恐，已漸漸轉變為現在的麻木與波瀾不驚。誰知道這個跋扈又刁蠻的六小姐又在發什麼瘋？她的事情向來不許別人管，別人也不敢管，就像幾個月前她將五小姐推至小光湖中，五小姐險些喪命，不是也沒人敢指責她一點半點嗎？

和樂至今仍記得五小姐被人從湖裡救上來時的樣子，就是一個大冰砣子，身上都帶著冰渣兒，雙唇烏黑烏黑的，二老爺親自診治說恐怕活不了了，可六小姐僅是說了句「我不是故意的」，就轉身回了她的天醫小樓，一點想出手醫治的念頭都沒有。

須知六小姐的梅花神針是得了大長老親傳的，只有每代的「天醫」才可修習，比起族中旁人所學的針灸之術不知精深多少，這也使得六小姐小小年紀便能名動京城。可是，醫術再好，人品欠佳又有何用？和樂想，如果當初六小姐肯出手醫治，五小姐也不必遭了那麼大的罪，雖僥倖不死，卻痴痴傻傻的在床上躺了數月，直至最近才漸漸恢復了神智。

「和樂，給我找紗布來包手。」顧晚晴的試驗再次宣告失敗，挫敗的將玉珮放到桌上。

到底哪不對呢？她分明記得當初玉珮一拿上手，自己動也沒動，話也沒說，直接就畫面轉換了，聽說這招叫蒙太奇。

可現在呢？她日夜不休的對著這塊玉珮已經一個多月了，唸經沒用、靜坐沒用、以血飼玉更是很白痴的行為，她努力回想自己拿到玉珮那一瞬間的心路歷程，好像先是感嘆「真白啊」，然後想一會去吃碗麻辣燙吧……正想著麻辣燙，她就到了這裡，被人圍觀了。

當然事實證明，別說麻辣燙，就算麻辣火鍋麻辣小龍蝦，大半夜的唸得她口水直流，她還是在

大雍朝的土地上流口水，並沒有回到她曾經覺得極度無味，現在又極為懷念的有電腦有點小康的可愛故鄉。

接過和樂遞來的紗布，顧晚晴隨便把手指頭包了包，又用另一隻手將玉珮浸到水盆中洗去血漬。順便洗手的時候，顧晚晴突然發現自己掌心原有的那顆紅痣似乎顏色淡了些，再看看另一隻手，果然不是錯覺。

這兩顆黃豆大小的紅痣生在她的雙手掌心正中處，依顧晚晴看更像兩個血點，因為它們並不像普通的痣是突起的，而是在皮膚之下。奇特的是這兩顆痣不論從形狀還是大小來看一般無二，一模一樣的嵌在她手心正中，據說這是她天生帶來的，也正因為如此，她才能成為什麼天醫的不二候選人。顧晚晴雖沒仔細研究過這兩顆紅痣，可也記得原來它們的顏色鮮豔似血，現在嘛，顏色有點像沒熟的西瓜瓤。

難道是她扎手指扎得失血過多了？顧晚晴用手指搓了搓掌心。不痛不癢的。研究了幾秒鐘沒有結果，也就沒怎麼在意。

和樂在旁卻是目光一閃，雖然她迅速低下頭去，可將布巾遞給顧晚晴的時候，雙手仍是忍不住的輕顫，多虧了同是大丫鬟的青桐從門外進來吸引了顧晚晴的注意力，她才能及時收回手來，沒被人瞧出異樣。

青桐比顧晚晴與和樂大了兩歲，今年有十八了，是老太太送給顧晚晴的丫鬟，生得白白淨淨的，十分穩重，可今日卻稍顯急躁，腳步凌亂的進了房間，急道：「六小姐，老太太又不好了，二老爺已經去取八寶回春散了，老太太想見妳一面，我們快去吧。」

顧晚晴聽了這個消息心中微黯，她到這後睜眼見到的就是她的祖母，那時老太太就躺在床上奄奄一息，她也被人圍著，據說是悲痛過度暈倒了，可見她與老太太感情至深。可誰也不知道，醒來的這個六小姐已經不是那個暈過去的六小姐了，包括那個時時惦念她的老太太。

而後顧晚晴每天都要去探望祖母，看著老太太在病床上苦苦掙扎，固然她一心想要回去，卻也免不了心酸難過，因為她看得出，老太太對她的關懷是發自內心的，不像其他人……

不過最悲劇的是，聽說她原來是懂醫術的，並且醫術不俗，雖然十歲才開始接觸醫術，可十二歲便可問診，十四歲已在祖母的陪同下行走於宮廷為宮內貴胄診病，一手梅花神針精妙絕倫，各種疑難雜症手到擒來，至今尚無失手之例，可謂是逆天中的逆天、天才中的天才，到了顧晚晴這又加一條，悲劇中的悲劇！

醫術……還神針？顧晚晴想死的心都有了，她在幼稚園做實習老師，唱「我有一個大大象」或者假裝個向日葵什麼的倒是挺拿手。

於是暈而又醒的天才六小姐因為「悲傷過度」，一不小心遺忘了所有針法藥理，只能眼睜睜的看著老太太掙扎啊掙扎，又眼睜睜的看著自己被顧家上下鄙視啊鄙視。

在青桐的說明下，顧晚晴稍加整裝便上了一頂小轎。

和樂低著頭，跟在轎後一同走出天醫小樓所在的院落，可她腦中總是閃過剛剛看到的，那兩顆已經不再鮮豔的紅痣。

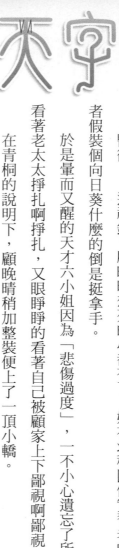

第二章

【坑人的女配角】

顧晚晴坐在轎中朝老太太住的安泰園而去。安泰園離她的天醫小樓步行約有一刻鐘的時間，據說她還是離安泰園最近的，顧家其他人包括暫代家主之位的二老爺，都要住得更遠。顧晚晴曾在她的三層小樓上向外眺望，雖看不出多遠，卻也見亭臺樓閣層層疊疊的向外延展，這還只是內宅，只供長老們與歷任家主一脈居住，其他族人都住在外宅，顧氏規模可想而知。

顧晚晴到了安泰園的時候，平日安靜空曠的園內已聚了許多顧氏族人，為首一人四十來歲，身材高瘦，唇上蓄著兩撇鬍子。顧晚晴憑著這兩撇鬍子認出他是顧家三老爺顧懷德，掌管著族內經營草藥的知草堂，對辨別草藥品質很有一手。

再看看其他人，有一小撮看著眼熟，大多數都不認識，於是顧晚晴徑直朝顧懷德而去，近前招呼一聲：「三叔。」

顧懷德待她分外客氣，甚至還輕輕欠了欠身子，「我帶妳進去。」

顧晚晴連日來已經習慣別人對她的態度了，一般人是對她敬而遠之，與她交談過打過交道的無一不是恭敬有禮，包括她的二叔、三叔，甚至她這具身體的母親。

跟著顧懷德走近正房，老太太身邊的大丫鬟靈芝迎了二人進去，進門之前，顧晚晴似乎感覺到有人在看她，回頭找了一下，不經意對上一雙明亮清美的眼睛，不過對方很快便迴避了她的目光，低頭站在那裡，不知在思索什麼。

顧晚晴看清了她的模樣，心裡不自覺的一抽抽。

是她啊……記憶片段中出現最多的人，顧明珠，顧家的五小姐，只比「自己」大了一個月的姐姐，也是「自己」的知己好友，閨中密友手帕交。

她們相當要好啊，好到像一個人似的，開心共用、悲傷共用、美食共用、秘密也共用。

然而就在幾個月前，一個月光皎潔的夜晚，她把她的閨中密友推到了結滿冰渣的湖水之中，然後與眾人道：「我不是故意的。」

是不是故意，其實顧晚晴心裡最清楚，又因這件事勾起了許多記憶，包括當街抽人鞭子只因那人弄髒了她的裙子；嫌馬車阻路而燒了不知道是誰的馬車；為打賭借醫病之名讓宮中的某位貴妃喝了童子尿；因四房的三小姐言語間偶有不當，她便於其的婚事中作梗使之難得良配；更有甚者，她外出時偶遇一俊秀男子，一見心喜，不顧他與顧明珠早有訂婚意向便是強搶了來……

雖然記得的事情不多，但足以讓顧晚晴對「自己」的人品有了一個大概的瞭解，而她堅信，這點記憶不過是她做過的諸多「好事」中的冰山一角。

她就說嘛！哪有這種好事？一穿過來就是什麼名動京城的名醫少女，小小年紀便得外人敬佩家人敬仰，還有個家世不俗的精英未婚夫，未來光明無限，簡直就是個天之驕女！可誰想到壓根就不是那麼回事！

事實證明，光環圍繞的大小姐都是刁蠻的、惡毒的、不講理的、連閨中密友都能陷害的、連未婚夫都是強搶來的、親戚朋友得罪了個遍的、人人對她都是敢怒不敢言的罪惡化身！通常這樣的人，在不久的將來就會被一個纖弱秀美淡定睿智的女人代表月亮將之轟殺至渣，那個女人的名字叫做女主角，而她，就是喪盡天良高傲拜金胸大無腦死不悔改的炮灰女配角！坑人啊！她怎麼能不走啊！留下將來就是死啊！各種死法都有可能！

想到自己繼續留下可能會有的下場，顧晚晴悲憤不已，同時更為堅定了自己的信念——為回到可愛的故鄉奮鬥終生！

顧晚晴這麼一停，走在前頭的顧懷德回頭看了一下，待看清顧晚晴在看誰，臉色立時變得鐵青，不過他很快就壓抑住自己的情緒，和聲道：「明珠的身子已經大好了。她與我說了那日的事，是她的不對，我已斥責過她了，妳千萬莫與她一般見識。」

顧晚晴有點心虛，其實這事的起因是她嫉妒顧明珠與她的聶姓未婚夫在外偶遇，認為他們私下有約，不管顧明珠如何解釋，她就是「不信不信我不信」，然後請顧明珠去泡了個寒冰浴。

顧晚晴打賭，相信她那天說「不是故意」這種鬼話的人都是怕她打擊報復，或者說，怕被她的靠山打擊報復。

顧晚晴有個靠山，大靠山，誰也惹不起的那種，就是顧家有實無名的家主老太太，現在快死了。

虛應過顧懷德後，顧晚晴跟著他進入內室。顧懷德向侍藥的荷花問了問老太太的進藥情況便退出去了，並未上前探看。

顧晚晴則輕車熟路的轉入間隔的紗幔之後，靠牆而置的紫褐色雕花大床上，躺著一個形容枯瘦的老人，她雙目緊閉，頰邊似乎較昨天又凹陷了一點，整個人毫無生機，若非那急促輕淺的呼吸聲，很難讓人相信她還活著。

靈芝躬身至老太太耳邊輕喚了幾聲，老太太一動不動，靈芝轉過來，眼眶紅紅的，「剛剛老太太醒了就讓找六小姐過來，現在又睡過去了。」

見老太太這樣，顧晚晴心裡也不好受，無視荷花搬過來的繡墩坐到床側，握住老太太乾枯的手掌，趴低了身子喚道：「祖母，還珠來了……」

「還珠……」老太太終於聽到了顧晚晴的呼喚，勉力睜開眼來。

顧晚晴連忙握緊老太太的手，「祖母，我在這。」

老太太已有些混濁的雙目一瞬不轉的盯著她，眼中滿滿的慈愛憐惜之色，她不知哪來的力氣，伸手朝眾人擺了擺，一干人等便悉數退下，只留她與顧晚晴。

老太太吃力的將顧晚晴的雙手攏在一起，捧著她的手，看著她手心已不再鮮豔的一對紅痣，一串淚水就這麼滾落下來。

「是奶奶……連累了妳……」老太太說話還是有些費力，「要不是為了替我醫病，妳怎會失去……可惜天不遂人願，奶奶本想再照看妳幾年，看著妳將顧家發揚光大帶至巔峰……罷了罷了，還珠，妳要記住，妳的事絕不要對外人提起，失去了便只當沒有過，妳仍是天醫的不二人選，憑藉妳的醫術，同樣能……」老太太長長的喘了口氣，「妳去叫妳二叔他們進來，我有話說。」

顧晚晴明白老太太這是要交代遺言了，她哪見過這種陣仗，鼻子一酸，眼圈就紅了。

老太太拍拍她的手，神態十分放鬆，想來已是有了覺悟。顧晚晴心中更為酸澀，起身到外間讓靈芝去叫人，轉身又回到內室，想再多陪陪老太太。

其實她自己心裡明白，什麼天醫？就算她頂得住身為炮灰的巨大壓力留下來，可她對醫術根本一竅不通，怎麼可能做什麼天醫！但面對老太太的叮囑，她只能假裝默認，其他的事，待送走了老太太再說吧。

老太太此時的面色較剛剛紅潤了不少，氣息也平順了，說起話來輕鬆許多，「那聶家的小子對妳素有偏見，只是妳喜歡，奶奶就都依了妳，不過他與明珠的事十有八九是真的……還珠，奶奶此生最對不住的就是妳，妳放心……」老太太說到最後，精神又有些渙散。

顧晚晴連忙大聲喚她，這時一些族人也進了內室，一個身材微豐的中年男子聽得喚聲幾步搶了上來，將一個盒子扔給荷花，「快！八寶回春散，快給老太太吃下去！」

荷花馬上將藥化開給老太太餵了下去，沒過一會，老太太明顯精神一振，眼中也清明許多。顧晚晴知道，這是在吊老太太的最後一口氣了。

又過了一會，老太太招手讓靈芝過去，扶著她慢慢坐起身子。

她慢慢看了看屋內眾人，緩聲道：「你們……都跪下。」

眾人都依言跪了，時不時的從人群中傳出一兩聲抽泣，老太太緊拉著顧晚晴的手讓她繼續坐在床邊，而後朝著那微胖的男子道：「長德，你現在暫代家主，在我走後，你便與長老們商討吉日，正式接了家主的位置吧。」

顧長德聞言低泣出聲，「母親……」

老太太擺了擺手，「不過天醫之位，定要還珠來繼承，憑她的醫術，不會辱沒了顧家的名聲。」

顧長德流著淚水低頭稱是，老太太又道：「我走後，全家只需守喪三個月，莫要耽誤了還珠與聶家小子的婚事，我知道聶家對這門婚事不太滿意，但這門婚事是聖上御賜，就算聶家以後有本事求聖上收回旨意，你也必須極力促成這樁婚事，聽懂了嗎？」

顧長德神色複雜的看了眼顧晚晴，他沒想到老太太竟如此看重這個失而復得的孫女，臨終前還反覆交代一定要完成她的心願，可難道老太太不知，這樁婚事分明是強迫而來，聖上也是看在顧家

為皇室鞠躬盡瘁加之老太太親自相求，這才勉強答應的，將來老太太一走，未必就沒有變數，聶家也不是普通的人家，到時又豈是他一個沒官沒品的醫者能夠插手的？

饒是如此，顧長德還是應了，老太太時間不多了，無謂在這種事上耽誤時間。

「母親。」顧長德膝行上前兩步，「兒子正式接掌家主之位後，是否可向大長老學習梅花神針？」

「梅花神針」是顧家的發展之本，只有歷代承襲「天醫」之位者方可修習，不過歷代天醫與家主常常是同一人，從未有過如今的情況，而老太太雖不是家主，更不是天醫，但她在天醫之位空懸近十年的情況下，帶領顧家穩居大雍朝第一神醫世家之位，於族中的地位十分崇高。現在天醫繼承人已經確定，她的一句話，幾乎便可決定家主是否有修習梅花神針的資格。

老太太卻沒有馬上回答，將目光轉到三房的顧懷德身上，「懷德，我給明珠找了門親事，是鎮北王家的二公子，雖是為妾，但明珠也是庶生，不算委屈。」

顧懷德臉色大變，「母親！」再看向顧晚晴，眼中滿是怒意！

第三章

【沒了靠山怎麼辦】

顧晚晴的後背一陣陣的冒涼風啊！這老太太對她還真夠意思，臨終前還惦記著替她剷除情敵。不過對著顧懷德瞪得像銅鈴似的雙眼，她也挺委屈，這主意又不是她出的，瞪她幹什麼？

這時老太太急喘一聲，「你修習神針一事，族中大長老與長老們自有決斷……」這話自然是朝顧長德說的。

顧長德難掩失望之色，正想再說什麼，老太太忽然猛咳起來。聽著老太太幾乎要把心肺咳出來似的，顧晚晴慌亂的道：「二叔，快……」

顧長德卻是滿面的憤慨之色，「還珠！到了這種時候，妳還不出手！」

顧晚晴倒是明白顧長德在說什麼，可她天殺的哪會什麼梅花神針啊！欲哭無淚的工夫，人已被顧長德擠到一旁。

顧長德從懷中掏出一個精緻小包，打開來，裡面長長短短排了數十根粗細不一的銀針，他一邊令人速去請大長老過來、一邊解開老太太的衣裳，並讓所有人出去，就連顧晚晴也不例外，被荷花請了出去。

顧晚晴一到外室，許多原本待在外室的人就退出了房間，而繼續留在房中的幾房人也不約而同的站得遠遠的，讓出一塊空間給她單獨活動。

頭兩天的時候顧晚晴認為這叫「尊重」，之後她有了一些記憶片段，就明白了原來這叫「不屑與之為伍」。

她上輩子到底積了什麼德啊！

就在顧晚晴為自己的遭遇同情哀嘆的時候，靈芝引著兩位上了年紀的老者進來。那兩位老者俱是穿著質樸的青色長袍，走在前面的那位袖口處則多了些銀色紋案，他們便是顧氏家族中的大長老與眾位長老中的一位。顧晚晴曾見過一次大長老，另外的那位長老則沒見過。

長老們的身分十分超然，在族內的話語權很重，顧晚晴基於種種原因馬上起身相迎，態度比見到給她發薪資的幼稚園園長還要謙躬。

開什麼玩笑！如果她不是天醫的繼承者，待老太太參加天界遊之日就是她被亂拳打死之時！所以趁著現在她還能和長老們說上話，趕緊巴結巴結，至少在她找到回去的辦法之前能保證自己的人身安全。

那兩位長老卻不太給面子，見了顧晚晴只是隨意的點了下頭。因為顧晚晴現在還是「準」天醫，沒有正式接任，一旦她成為正式的天醫，那麼她的地位甚至要高於家主，成為顧氏的隱形領導人，但畢竟她現在還不是。

對於顧晚晴的謙躬，和樂十分不解，六小姐以往的眼睛都長在腦門上，從不低頭看人，對長老們也僅僅是略加客氣，哪像今天，還起身相迎了？

顧晚晴無視和樂的詫異跟在兩位長老身後，想一起跟進內室去看看老太太，不過沒等他們走進去，顧長德的痛哭聲便從內室傳了出來。顧晚晴立時衝了進去，看著床上雙目緊閉再無生機的老太太，她實在說不清自己是什麼樣的心情，既覺得老太太不必再掙扎受苦算是解脫，又覺得心裡酸澀難當，眼淚不自覺的就流了下來。

顧長德哭了一陣就到外頭去通知族人。

大長老鬆開按著老太太腕間的手指，站在床邊靜默良久，最終輕嘆一聲，轉身出去了。

又過一會，族人們都擁進內室哭成一團，尤其老太太這一房的幾個兒女，哭得是撕天裂地好不傷心。

望著眼前亂糟糟的一團，顧晚晴的腦袋嗡嗡的響，她悄悄退出房間。

初春尚有些寒涼的空氣讓她混沌的腦子清醒了一些，不過心裡總是不好受。

因為老太太纏綿病榻多時，家人們早已有了準備，初時的忙亂過後，一切便變得井井有條。

老太太的葬禮辦得嚴肅而隆重，不止朝中有不少官員前來弔唁，當今的皇帝甚至派了太子趕來慰問。七嘴八舌的一些資訊不斷傳入於靈前謝禮的顧晚晴耳中，讓顧晚晴在已知顧家是大雍朝有名的醫藥世家後，對顧家又有了一個新的認知。

說起來，顧家還真是挺了不起的。它是醫藥世家，可又與普通的醫藥家族不同，不僅因顧家擁有大雍朝最大的醫館與草藥行，也不是因為顧家年年免費開館辦學致力於培養更多優秀的醫者造福於民，更非顧家擁有醫術超絕的天醫。顧家的與眾不同在於，它歷經三百餘年，跨越三朝，除了七十年前前朝滅亡時因暴民動亂而一度中斷傳承外，數百年來無不繁茂昌盛，就算改朝換代，依然能保持它的生生活力，更甚者，每朝君主都默認了顧家的天醫傳承制度，本朝太祖更加爵於天醫，使得天醫正式成為一個封號，繼任者無須降格，享公爵祿，世代承襲。

顧晚晴本來以為天醫不就是御醫嘛！可現在看來好像又有點不同，天醫似乎尤得皇室敬重，連帶著那些官員們也對顧家禮遇有加，難道梅花神針真的那麼神奇，可以醫白骨活死人，連皇帝都得給自己留後路？這也說不通啊！要是皇室有心取得梅花神針的針譜或者乾脆責令顧家專為皇室服務，這都不是什麼難事，為何要將一個以醫術為本的家族置於如此高位，自己都得客客氣氣的相對呢？這裡面，一定有一個原因。

不過，顧晚晴是沒空關心這個原因到底是什麼了，她得趕快關心關心自己。

因為她是下任天醫的唯一候選人，又是老太太最疼愛的孫女，在老太太的喪禮上自然得擔起最重的擔子，就是跪在靈位之側，誰來行禮她就代表家屬答謝的那種。

其實家裡孝子賢孫的那麼多人，陪靈都是輪流替換著來的，可輪到顧晚晴這，也不知道這些人都是商量好了還是怎麼著，她跪了兩個時辰也沒人來理她、說換換她。

四個小時啊！她得不停的低頭才能確認腿還長在自己身上，到最後，她幾乎是半坐半跪著待在那了，還好裙子比較寬大，又戴著孝帶孝巾一大堆布料，也沒人發現。

但顧晚晴自己嘔啊！她這人品啊！她讓青桐去找了幾次人，得到的回答都是「馬上就來」，結果事實證明，顧家的人都是飯店服務生出身，說「馬上就來」的意思大家都懂的。

最後，總算是顧長德發現了她這半死不活的情況，連忙叫來長子顧天生替換顧晚晴，一邊親自扶著顧晚晴的手將她拉起來，一邊朝青桐怒道：「家中忙亂旁人無暇顧及，怎地妳也不知好好照看小姐！這麼久了也不去叫人！」

青桐不敢應聲，只能低頭受訓。

顧晚晴有心替青桐說兩句話，可轉念一想，顧長德這話其實不是在說青桐，而是說給她聽的，顧家上上下下那麼多人，什麼叫「旁人無暇顧及」？青桐來來回回的找了幾次，怎麼就叫「不去叫人」？包括現在就跪在旁邊的顧天生，當時都只是託辭敷衍，現在顧長德這麼說就是想讓她別找後帳唄。

這麼一想，顧晚晴也就懶得計較了，歸根到底還是她人品不行，忍就忍了吧，還是早點找到回去的辦法才是正路！

於是顧晚晴擺了擺手，「我沒事，就是有點渴了，我先去……」

剛說到這裡，一個音量頗高的女聲插言進來：「平時奶奶待妳如珠如寶，光是妳惹的麻煩就不知替妳平息了多少，現在妳只跪了一會就吵了幾次換人，真不愧是未來的天醫，架子大得很。」

顧晚晴循聲望去，只見一個二十來歲的嬌俏女子一身素衣腰紮孝帶，站在靈前看著她，眼中滿是不屑之意。

這人顧晚晴倒認得，是三叔顧懷德家的長女顧瑩珠，也是顧明珠的異母姐姐，老太太病重之時她常從夫家回來探望，對顧晚晴的態度是出了名的不好。因為顧明珠泡寒冰浴那事在先，所以顧晚晴也能理解她這態度，但今天這指責卻是無端端的，自己跪了多久大家有目共睹，現在雙腿還站不直呢。

難道又是人品問題？顧晚晴有點委屈，可一想到之前「自己」所做的種種，得了！咬咬牙還是忍了！什麼叫現世報？這就是！她不停的勸自己說她就要回去了，等她回到擁有現代化的美好時代時，現在的一切就都是一場夢，沒什麼大不了的！眼前嘛……還是避一避吧。

顧晚晴正這麼想著，身旁的青桐輕輕一扯她的袖子，「小姐，聶公子到了。」

其實就算青桐不說，顧晚晴也看見了。

步入靈堂的青年身姿挺拔似竹，眉目俊秀如玉，約莫二十歲上下的年紀，神情肅穆沉著，絲毫不見青年人的浮躁。他的步伐節奏較旁人稍快，卻每一步都邁出得十分堅定，看見他，很容易讓人聯想到井水或是別的一些什麼，明明充滿生機，表面上卻又平靜得不起一絲漣漪，給人安全，令人信任。

雖然這是顧晚晴第一次面對面的見他，卻對他一點也不陌生，那些殘缺的記憶中他出場不多，卻總是對她漠視、冷視、怒視、不屑視、除了和善外的各種視，包括那次在皇宮筵席中皇帝賜婚時，他跪地接旨，卻在聽到她的名字時暴怒而起，若非他父親在旁立時將他壓了下去……

顧晚晴覺得，真得感謝他身手敏捷的老爹，要不然他們可能都活不到現在。他是因抗旨而死，她則是被他眼中的飛刀射死。

在那之後，他們就再沒見過面。

第四章

【現世報來了】

先前說話的顧瑩珠這會倒消停下來，瞄著那越來越近的頎長身影，轉身朝顧晚晴丟過一個冷笑。顧晚晴理解能力不錯，馬上就明白了她的意思——「我就是故意的」。

顧晚晴當即佩服萬分啊！這麼說顧瑩珠是看到人進來了才想到這招，不僅能讓她的未婚夫對她印象更下一層樓，還能因未婚夫的反應而對她的一顆懷春少女之心造成強烈打擊……此計甚佳啊！如果換了她，肯定不能做出如此急智的反應……當然，如果她是真的顧還珠就更好了。

顧晚晴想撤退了，她可不想再替顧還珠受過，尤其還是這麼大的一個苦主，言語上的嘲弄諷刺她可以自動過濾，可萬一一會來個血濺五步什麼的，她就比竇娥她媽還冤了！

「走走走，快走……」顧晚晴小聲和青桐說著，一邊撇著身子朝旁邊緩緩移動。她的腳還沒緩過勁來，麻得像是有數萬根細針同時給她做腳底按摩，那滋味……

青桐卻是以為顧晚晴覺得自己姿態難看不想與聶清遠見面，馬上便扶著她朝角落而去。

存心看戲的顧瑩珠卻冷笑一聲，「我們顧六小姐向來不忌男女之防，整日和男人混在一起也不見害臊，怎麼今天見了未婚夫婿倒靦腆起來了？」

惡毒，真惡毒啊！

顧晚晴不得不仔細回想除了顧明珠那事，是不是還有什麼事得罪了這位二小姐，眾目睽睽之下這麼不依不撓的，她可不知道顧還珠已經變成顧晚晴了啊！難道就不怕以後黑惡勢力的打擊報復？

不過眼下也沒空想得太多，聶清遠已至近前。顧晚晴避無可避，只能硬著頭皮看向他，同時小心戒備，以防他突然出刀什麼的。

可從聶清遠上香、行禮，到轉身離去，他居然連眼角都沒瞟顧晚晴一下，雖然他們的距離近得只在一臂之間。

尷尬啊……

顧晚晴打賭，靈堂內百分之九十九的人都在等著看一場好戲，結果……好戲就這麼落幕了。

顧長德在聶清遠轉身之時便追了過去，以長輩的口吻道：「清遠，這邊說話。」

聶清遠腳下微頓，似乎掙扎了一下，這才回頭，不待顧長德開口，平緩而堅定的說：「今天我來到這裡是奉了家父之命，否則我有生之年斷不會踏入顧府一步！與顧世伯也無話可說！」

顧長德立時急了，不說老太太臨終前的囑咐猶在耳邊，只說現在滿屋子的人都在看著，聶清遠如此不給面子，傳出去好說不好聽！

「你這是什麼胡話！」顧長德仍是以長輩之姿微怒道：「你與還珠的婚事是聖上御賜，將來與我顧家難脫關係，你這麼說……難道你還想悔婚不成！」

聶清遠輕笑，轉過身來面對著顧長德，神情間似有解脫之意，「不錯！既然顧世伯願意在此時談這件事，小姪就說個明白！」他盯著顧長德，指尖卻指著顧晚晴，「顧還珠除卻一身醫術，沒有絲毫可取之處，驕揚跋扈惡名在外，還是個不折不扣的妒婦！聶某自認無德娶此悍婦，就算有違聖旨欺君罔上，聶某獨自承擔便是！」

這番話一字一句擲地有聲，飄蕩在偌大的靈堂裡竟有些許回音，整個靈堂內的所有活動都在這一刻靜止了下來，沒人說話，甚至連呼吸都變得小心翼翼的。

顧長德被這些話震得腦袋嗡嗡的響，腦子裡只有一個念頭……顧家的面子……顧家的面子……

顧晚晴也被這些話震得腦袋嗡嗡的響，腦子裡也只有一個念頭……囧囧有神……囧囧有神……

「你！」顧長德強迫自己冷靜下來，不斷告訴自己要以大局為重，好不容易才使自己的聲音平緩一些，「清遠，你不是個孩童了，應該知道這番話說出來會引發何種後果，縱然你父親是當朝右相，也當不起抗旨不遵的罪名！今日之事我只當你一時激動，你與還珠的婚事我自會與你父親商議。你走吧。」

聶清遠卻不接這個臺階，大有話既出口便沒打算收回來的架式，「聶某今日所言字字真心，就請在場諸位做個見證，聶某若因此事連累家中，情願與聶家脫離關係，一力承擔此大不敬之罪！」

這話一出，靈堂裡更靜了，連顧長德都想不出該以什麼話來挽回局面了。聶清遠是當朝右相聶伯光之第四子，文武雙全盛名在外，自小更伴太子讀書與之一起長大，將來可謂前途無量，可他居然為了不娶顧還珠，甘心放棄所有一切！

聶清遠說完便回身離去，走至門邊時正巧三叔顧懷德從門外進來，聶清遠見了他，腳步稍留朝他點了下頭，這才一去不復返了。

顧長德目送聶清遠漸去的背影差點又叫住他，跟他說娶了顧還珠又能如何？大不了娶了她就當擺設，避而不見不就完了嗎！何必為了一時負氣丟了錦繡前程？可是，這話也不好當面說，況且自聶清遠與顧還珠聖旨賜婚之後，便有許多傳言說是要聶清遠入贅，雖然這件事他與長老們尚未商議出結果，可顧晚晴作為下任天醫，是絕無理由離開顧家嫁往別處的，但顯然，聶伯光也不會高興讓自己兒子成為入贅女婿，只是聶伯光尚在觀望，而聶清遠卻已做了最無餘地的選擇。

難啊，太難了！顧長德看著老太太的靈位嘆了口氣，目光便轉至一直安靜的顧晚晴身上。

從開始到現在，顧長德一直覺得哪裡不對，現在看到顧晚晴，他馬上就明白了。

這六姪女……也太安靜了。

換了往常，顧還珠別說見，只要聽說聶清遠可能會在哪裡出現，就會早早的跑過去等著，等不到就會大發脾氣，哪像現在，聶清遠都近在咫尺了，她還一動不動的，更不要提聶清遠剛剛那番痛斥她的言論，雖是實話吧，卻也當著眾人給了她極大的難堪，她怎麼就能無動於衷呢？

除了顧長德，靈堂內其他人的心思也都差不多。室內安靜得沒有一絲聲響，數十雙眼睛齊刷刷的盯著顧晚晴，不放過她絲毫神情。

顧晚晴自然感受到了這些目光，她淺淺的做了個呼吸，給眾人一個略顯僵硬的笑容後，扯著青桐離開了靈堂。她這反應又是引得眾人一致面面相窺，好一會才有人小聲議論起「六姑娘是不是腦子進水了」這樣的話題。

其實顧晚晴是有點難過的。

初時的囧意過去後，就算她不是顧還珠，可還是感覺到了一絲絲的、些許的、不太多的難過。

她不是顧還珠，也不打算頂著顧還珠的身分活下去，她甚至可以理解聶清遠想要退婚的迫切心情，可在聶清遠將那些滿是蔑視的字眼加諸在「顧還珠」身上時，四處向她投來的鄙夷目光卻是切切實實的。沒有覺得過分，沒有覺得不忍，連一絲同情之意都沒有，顧晚晴感受到的全是幸災樂禍、全是痛快得意。

顧晚晴覺得，如果她也是個旁觀者，可能會與他們一般表現，但站在顧還珠的角度，感受著那些諷刺嘲笑的目光，實在不是什麼好受的滋味。可顧還珠之前做過的事明明白白的擺在那，就算反擊她都比別人矮一截！

所以除了落荒而逃，她也沒什麼別的應對辦法了。但……這現世報能不能不讓她來受了？能不能？能不能？

「晚晴……」

一道怯怯的聲音帶著試探，突然飄進顧晚晴的耳朵裡。

顧晚晴差點條件反射的應聲，她馬上四處去看這個可能與自己有著相同名字的人，沒想到，卻撞進一雙緊盯著她的眼睛。

那是一個蒼老的婦人，看起來約莫五十多歲，普普通通的五官，臉上帶著久經風吹日曬的痕跡，再看她的衣著，應該是府中的下人。

顧晚晴並不認得這婦人，記憶中也沒有這麼一個人的存在，可這婦人緊緊的盯著她，稍顯乾涸的雙唇不住的顫抖，十分激動的樣子，眼中也隱隱的帶著極喜之情！不過，她雖然激動，卻沒有上前，仍是留在原地，掌心不住的往衣服上蹭，也不知是想將衣服撫得平整一些，還是想藉此擦去手心的汗水。

顯然，這婦人對她早已超越了下人對待主人的態度，可顧晚晴對她還是一無所知，再想到她剛剛喚的名字，顧晚晴微微提高了聲音問她：「妳剛剛在叫誰？」

第五章

【試探】

那婦人被顧晚晴一問，立時慌亂起來，連連擺手急著道：「不不，我沒叫誰，我是在向六小姐問好。」

顧晚晴的眉頭蹙得緊了些，剛剛那一聲「晚晴」她聽得清清楚楚，此處又沒有旁人，難道……這個「晚晴」竟然是在叫她？可她叫顧還珠啊！又或者是小名？顧晚晴、顧晚晴，原來即使到了這裡，她仍然是顧晚晴嗎？

「青桐，這是誰？」顧晚晴輕聲詢問，不過心裡隱約猜想，這婦人會不會是顧還珠的奶娘之類的人？她看向自己的目光中蘊含的慈意愛憐竟比老太太還要濃上三分，斷不可能是普通的關係。

不過顧晚晴問過話後，卻是半天也沒等到青桐的回答，她側頭過去，便見青桐看著她的眼眸中掛著極度的不可思議。

顧晚晴立時就是一驚，壞了！看樣子她應該和這婦人很熟啊！可是為什麼不僅她的記憶裡沒有這婦人的存在，過去的一個月裡她也從未見過此人？

正當顧晚晴琢磨著是不是說點什麼補救一下以免引人懷疑的時候，卻看見那婦人臉色變得慘白，雙唇嚅嚅了半天，豆大的淚珠就這麼滾落下來，她的神情中帶著一種不明原由的絕望，又有些不能置信，搖了搖頭，嘴裡模糊的說了些什麼，轉過身蹣跚而去。

顯然她是聽到了顧晚晴問青桐的話而大受打擊。

顧晚晴現在後悔也晚了，沒想到這婦人的耳力會這麼好，現在她唯一能確定的就是她和這婦人的關係確實不太一般、很不一般！

想到那淒涼絕望的背影，顧晚晴心裡堵堵的，可她不能叫她回來，因為她不是顧還珠，對她們之間的事也一無所知。顧晚晴更不敢再問青桐，在那婦人離開她們的視線之後，她輕輕的說：「我們回天醫小樓歇息一下吧，晚上再過來。」

青桐不發一言的引著她去乘坐小轎，面上一切如舊，看不出什麼，但顧晚晴卻清楚的感覺到，青桐從內心散發出的那種疏離。平日的青桐是個很溫柔的人，與和樂相比，顧晚晴更願意與青桐相處，也更願意以真心待她，因為青桐不會像和樂那樣還帶著孩子氣，有好幾次顧晚晴都發現和樂看她的神情有異，只是她不願追究罷了。

可今天……是因為剛剛那婦人嗎……她做了一件很嚴重的錯事嗎……

回去的一路上，顧晚晴的心裡一直糾結這個問題，同時一種前所未有的委屈湧上心頭，比受了聶清遠的斥責更讓她難以接受。

她不是顧還珠啊……她也不認得那個婦人……就因為這樣，她就犯下了彌天大錯嗎……

顧晚晴摸出掛在頸間的那塊溫潤白玉，托在掌心仔仔細細的看。這塊玉珮有半個巴掌大小，玉質瑩潤微顯透明，玉珮的正中刻著一個比米粒還小的「天」字，刻字的地方玉質較周圍略薄，以指尖壓於其上便可從另一邊見到清楚的指尖輪廓。

這塊玉珮顧晚晴研究了一個多月，對它每一個小細節都了然於心。顧晚晴不止一次有衝動想把它砸碎看看關鍵是不是在玉石裡面，但是她沒種的不敢，現在……她還是不敢。

翻來覆去的又看了一陣，就在顧晚晴想把它收起來的時候，轎子突然晃了一下，顧晚晴的身子跟著一晃，立時緊握住手中的玉珮生怕它出了什麼閃失，也在此時，她竟在玉珮的刻字之處見到隱約的一點紅痕！

這是顧晚晴第一次發現玉珮的異樣，心裡「突突突」亂跳個不停，可再仔細看去，又不禁有些失望，原來這紅痕不是玉珮上的，而是因為她手掌用力，玉珮緊貼手掌中心，她掌中的那顆紅痣剛好壓在了玉珮最薄處，映出了一點色彩。

不過饒是如此，還是讓顧晚晴十分激動！這是新發現啊！以前她用血都是刺手指頭，從來沒想過打這兩顆紅痣的主意，它們長得這麼特別，一定有什麼特殊之處吧？

這麼一想，顧晚晴剛才的難過委屈都不知道飛到哪去了，就想著趕快回天醫小樓試驗試驗，就在她躍躍欲試的時候，轎子一震，居然停了下來。

「怎麼回事？」顧晚晴掀開窗簾向外問了一句。

轎外站著的卻是和樂，顧晚晴一愣，「妳今天去哪了？從早上就沒見妳。」

和樂沉著水嫩的小臉，也不回答她的話，福了一福道：「大奶奶不知何種原因昏過去了，說是不太樂觀，小姐快去看看吧。」

聽到這個消息，顧晚晴有些意外。這個大奶奶就是顧還珠的生母，上任天醫顧有德的正妻周氏。十年前顧有德因意外過世後，她就搬出了天醫小樓，一直住在清水園，平日裡深居簡出，連顧晚晴也就見過那麼一次。可就算如此，僅有的一次碰面也不難看出周氏的身體狀況不錯，怎麼會說不樂觀就不樂觀了？

顧晚晴心中固有懷疑，可作為周氏的女兒，她還是應該馬上趕過去的，於是敲了敲轎壁，示意轎夫調頭。

清水園在顧宅中的東北角，不僅偏遠，而且破敗。顧晚晴一直不明白為什麼上任天醫的妻子會住在這種地方，家人們平時都不太理她，她似乎也沒有異議，住得泰然自若。

半個時辰不到，轎子就落了地，顧晚晴收好玉珮踏出小轎，見到的便是殘缺了一角的園名匾額，園門倒是新漆的，很明豔的綠色，顯得有些乍眼。進了院子，院中雜草叢生也沒人打理，僅有的三間正房有一間是缺了門的，正中的房間門上還掛著沒拆下來的半舊棉簾，只有左側那間稍顯齊整，一些顧家親人與丫鬟小廝也都聚齊在這間門前，見了顧晚晴紛紛避讓開來，讓她進去。

周氏的房間不大，光線也不太好，在窗前的條案上供了一尊觀音立像，像前香爐中的香灰已經滿了，空氣中充斥著微微的檀香味道，嗅得久了，讓人的心境不自覺的平和下來。

顧懷德與顧長德都在屋內，見了顧晚晴後，他們先是互詢意見的對視了一眼，顧懷德才輕咳了一聲，「還珠，快來看看妳母親。」

顧晚晴依言上前，轉過隔擋的屏風才發現大長老居然也在這裡，就坐在屏風之後，見她進來輕輕點了下頭，便又不知神遊何方了。

這是怎麼回事?顧晚晴本能的覺得不對，可具體又說不上來，床上躺著的中年美婦便是她的母親周氏，此時周氏雙目輕合神態安詳，就像睡著了一樣。

「還珠，妳母親因老太太過世悲痛過度，這才突然昏倒，本應施針相治，但因她素有心疾，下針時需於胸口處同時施針護住心脈，我與大長老都不便出手，這才叫了妳來，妳看看吧。」

顧懷德的話讓顧晚晴怔了半天，不是因為她根本不可能救治周氏，而是因為顧懷德的話十分可疑。顧家是醫藥世家，怎會因男女之防便隨意延誤病人的最佳診治時間?況且以大長老之能，隔衣施針也不是什麼難事吧?為何偏偏要等她來?

她心中剛閃過這個念頭，跟在她身後的和樂已捧出一個金絲小包，「小姐的金針。」

顧晚晴詫異的睜了睜眼睛，這套金針是顧還珠的專用之物，她在房中見過，也自然認得，可和樂是什麼時候回天醫小樓取的針?她不是半路將自己攔下的嗎?她看著和樂，想從和樂的神情中看出點什麼，可和樂卻是神情淡漠，沒有絲毫與她交流的意圖。

顧晚晴遲疑的接過金絲小包，再回頭看，大長老仍然於屏風之側靜坐，顧懷德也沒有退出去的意思，甚至連顧長德都跟了進來，這架式，分明是想看著她施針，哪有絲毫顧忌男女之防之意？

直到此時，顧晚晴才有了一點點的覺悟，看著手中的針包，她只覺得無比的諷刺。原來他們早已懷疑她的能力，今天叫她過來，只為一探她的虛實！

大長老、二叔、三叔、和樂，他們是知情人，那青桐呢？屋外的那些族人呢？都知道她要在今天接受試探嗎？他們都在等著，想看她如何出醜嗎？還有周氏，她也知情嗎？她知道必須由她來扮演這個病人，才不會讓她的女兒有藉口推脫嗎？

顧晚晴突然覺得嘴裡發苦，她捏著手中的針包緩緩做了幾次呼吸，轉過身來面向眾人道：「我不會。」

第六章

【終於被同情了】

顧晚晴不是沒想過這麼說的後果，可是眼前這架式擺在這，負隅頑抗應該不會有什麼好結果，所以還是坦白從寬吧，反正她也根本做不成這個天醫，早點說開了說不定還能轉做汙點證人什麼的，以後她也好能更專心的研究玉珮。

想到玉珮，顧晚晴又是一陣激動，她想出的那個新方法說不定就會有效，一旦成功了，她就要和封建主義說永別了，還怕什麼白眼嘲弄啊？根本不值一提了！

顧長德等人聽了她的話又是互視一眼。

顧長德面色凝重的道：「還珠，此事不是兒戲，妳可知道妳這麼說的後果？」

顧晚晴一攤手，「二叔，躺在床上的這個人是我母親，如果我還記得針法藥理，怎麼會袖手旁觀？況且我若不是真的忘了一切，又怎麼能見奶奶臨終前飽受折磨而無動於衷？總之我也不知道為什麼，自那次悲痛過度暈倒之後，我的腦子裡就跟空了一樣，什麼都沒有了。其實這件事我一直在說，可是你們一直不信，現在我最後說一遍，我所說的都是真的。」

她這一番話使得顧長德驚疑不定，雖然心中已有認定，可面對顧晚晴，他總是不能輕易放心。

「這件事我們暫且放下，還是先救人要緊。」顧長德說罷轉向和樂，沉聲道：「去請五小姐進來。」

和樂看也不看顧晚晴，轉身便出去了。

顧晚晴心裡嘆氣，同樣是背叛，有些人就叫漢奸，有些人就叫棄暗投明，很顯然，和樂是棄暗投明那撥的。

沒一會，和樂領著五小姐顧明珠走進房間，和樂回來後依然站在顧晚晴身邊，不過看那架式，防範她的意味更濃一點。

顧晚晴無奈，誰讓她的標籤是「罪人」呢？短時間內算是甭想摘掉了。

至於顧明珠，進了房間後就站在一側低頭不語，一副謹小慎微之勢，顧長德問了問她的身體狀況，她也是淡淡應對，絲毫不提顧晚晴請她洗冰澡那事，讓顧晚晴心裡更加過意不去，這顯然是被黑惡勢力打怕了嘛！

不過，雖然顧晚晴早在記憶中知道顧明珠的樣子，也見過她一面，可那時離得遠，不像現在就在眼前，給人的感覺也很不同。

顧明珠與顧還珠一般年紀，兩個人的容貌也俱是上佳，只是顧明珠的神情之中很有些溫婉雅致，像是一顆柔和瑩潤的珍珠；顧還珠卻更光彩明媚，神情中也帶著與生俱來的驕傲之色，明美得彷如一顆璀璨寶石。二人在京城中都是有名的美人，又都精通醫術，外人提起時俱以「顧氏雙姝」相稱，只不過對「雙姝」的態度有點差別，不說別的，只說提親一事，來顧家向五小姐提親的人絡繹不絕，而六小姐嘛……大家都懂的。

顧長德簡要的向顧明珠說了一下情況，又道：「顧家女兒中除了還珠，以妳針法為佳，為妳大伯母施針一事便由妳來進行吧。」

顧明珠聞言略有躊躇，遲疑的看向顧晚晴，似乎不太明白為何不由她出手。顧晚晴卻是力求表現爭取寬大處理，見她抬頭連忙把手中的針包遞了過去，「拜託妳了。」

顧明珠神色中的驚疑更甚，不過卻也不再推辭，接過針包後並不馬上出針，而是以食中二指輕按於周氏腕間，不消片刻收回手來，回頭與顧長德道：「二伯，依姪女看，大伯母脈象平緩，並無紊亂之象，再看她神態安和，似乎不像是因悲痛而致昏迷，姪女想問過大伯母的丫鬟之後，再做定論。」

顧長德微微點頭，任由顧明珠去問，自己則仔細觀察顧晚晴的神色，見她一臉茫然，絲毫沒有作假之象。

沒一會，顧明珠回來，顯然心中已有定論，不過她沒用顧晚晴交給她的金針，而是另拿出個針包打開，取針施針動作嫻熟流暢。

可顧晚晴看了半天，直到顧明珠又將針包捲好，她才在心裡合計……也沒解衣服啊，就在周氏的手腕間扎了兩針，看起來完全沒有顧長德所說的又得治昏迷又得護心脈那麼高超的技術。

顧晚晴迷惑之時，顧長德等人卻是都露出些許的讚賞之色。

大長老更起身走到床邊，仔細看了看周氏腕間的落針處，輕輕點了點頭，回頭又看著顧晚晴，神情顯得失望至極，跟著語氣都嚴厲許多。

「身為醫者，怎可只聽旁人意見便下結論？妳母親昏迷的原因並不是因悲痛之故，而是因為誤服了九轉安神丸。妳母親體質內虛，誤用實藥故而昏睡不醒，只需像明珠一般於神門、大陵下針，配合按壓勞宮穴，使其降心火、安心神，熟睡之後藥效自解。加之妳母親素有心疾，這三處穴位皆有護心脈之功，明珠此舉可謂一舉兩得，根本無須再為妳母親做更繁複的治療之法！還珠，妳竟連妳母親昏迷的原因都看不出來，著實令人失望！」

大長老這番話說得又急又快，顧晚晴只聽到他不停的在說「妳母親」、「妳母親」、「妳母親」的，聽到最後，顧晚晴弄明白了大概後，差點沒跟著說一句「你母親的」！

這幫老頭兒是不是閒得無聊了？非得使這麼變態的招術來試驗她嗎？而且還是一環扣一環的連環計，簡直惡毒至極！欺負她不明醫理啊！末了他們倒挺有理。拜託！她一早就說過她醫術無能了，頂不住他們不信啊！

算了算了，顧晚晴也是看出來了，人家不信她的原因多半還是和她的人品有關係，怕她這會說不會，取消了她的繼承人資格後，她哪天再興頭一起又會了，以她那脾氣，他們防範她也是應該的。

於是顧晚晴賭天誓地的說她真的醫術無能了，就算以後吃了大力神丸也不會恢復了，真的。

顧長德的心思很複雜啊，他到現在，才真正相信了顧晚晴說的都是真的。

剛才他有意叫顧明珠進來一顯醫術，依顧晚晴的性子，若非真的失憶又怎肯讓顧明珠一人出風頭？況且她居然還遞出了「天醫金針」，須知那套金針是顧家祖傳之物，也是歷代天醫專用之針，是以少量的純金混以其他不知名的材料鍛造而成，比銀針彈性更好，也更為柔韌，數百年傳下來至今仍是針體晶潤沒有一點瑕疵。

顧家曾投入極大的人力物力仿製，可因其鍛造材質與方法早已失傳，雖意外研製出被眾多醫者奉為「神針」的銀玄針，但針的研製卻始終難以成功，所以這套金針世間無二，是專屬於天醫之物！若不是心虛，她怎肯把金針交出！如此看來，她失去醫術一事，是確有其事了！

「還珠。」顧長德再開口時聲音雖然沉重，可面上卻多了幾許不易察覺的輕鬆神色，「妳把手伸出來，給我們看看。」

顧晚晴不明其意，朝著他們將手伸了出去。

顧長德並沒有動彈，而是看了顧懷德一眼，顧懷德便走上前來，示意和樂將顧晚晴的手翻過來，掌心向上。

顧晚晴立時便明白了他們想看什麼，是她手心上的那兩顆紅痣。對這兩顆紅痣，顧晚晴是從剛剛才重視起來的，她認為回去的契機與紅痣定有關係，可現在一看，顧晚晴卻是一呆。

雖然她也發現這兩顆紅痣褪了色，但她清楚的記得剛才在轎中拿著玉珮時，這兩顆紅痣還是很紅的，可現在，她白皙的掌心中竟只剩兩個豆沙色斑點，淡淡的，似乎馬上就會消失。

看清了她掌中的紅痣，站在稍遠的顧長德「啊」的一聲極為驚詫。他今早得了和樂的通報，說顧還珠掌心紅痣漸有消褪之時還是將信將疑，後來藉著扶她起來的時候偷偷看了一下，果然顏色已沒有之前那般鮮豔，可固然如此，卻也仍是紅色，哪像現在，像是被什麼東西吸光了其中的顏色似的。難道說，老太太死了，也將她繼承人的身分帶走了嗎！

不止顧長德，顧懷德也是萬分驚訝。大長老的神色更是難看，盯了顧晚晴一陣，冷哼一聲甩手走出房間。

顧晚晴……還是一頭霧水的。

她倒是知道奉手握紅痣之人為天醫是顧家的祖訓，封建迷信一點說就是顧家的列祖列宗指定的人選，據說這樣的人都能帶顧氏蓬勃發展，為了方便後人尋找，就在其掌心按兩個章，有章的就是天醫繼承人了。而顧還珠之所以這麼囂張跋扈，除了老太太的偏袒外，掌心帶章也是極為重要的一個原因，大家都知道她將來必會繼承天醫之位，所以對她多有避讓，對她的所作所為也都忍氣吞聲。

可是，有這麼嚴重嗎？大長老剛才看她的眼神似乎想殺了她似的。她也對紅痣的消褪速度感到驚訝啊，而且他們不也是又出謀又劃策的「揭穿」了她根本醫術無能的事實嗎？她做不成天醫是理所應當之事，怎麼現在……好像這紅痣消褪也成了她的過錯了？

「我們出去說話。」顧長德說這話時似乎有點激動，說完就急著轉身出去了。

顧晚晴正鬱悶著，不過估計也沒人想跟她解釋，於是她便跟著顧長德等人離開房間。

剛到了清水園雜草叢生的院中，顧長德猛然回頭，當著一眾家人之面，硬聲道：「還珠，妳於掌心偽造紅痣矇騙老太太與諸位長老，可知其罪！」

此言一出，眾人皆驚！尚有私語的小院頓時靜得針落可聞！

如果可以，顧晚晴很想把眼睛瞪得比牛眼更大以示冤屈，可惜，她眼周長有限，瞪了半天也沒讓家人明白她的意圖。

不過基於對自己以前人品的懷疑，顧晚晴還是仔細的看了看掌心。

這個……是山寨的？

顧長德見她這樣子，痛心疾首的長嘆一聲，無奈而蒼涼，「還珠，妳年紀還小，二叔相信妳必是受人矇騙才做出這種糊塗決定……本來以妳的醫術，繼任天醫又有何難？只是妳現在醫術盡失，就算勉強擔天醫之名又如何能使族人信服！還珠，妳是大哥留在這世上的唯一骨血，我們絕不會為難妳，妳……就先暫時搬出天醫小樓吧。」

顧晚晴估摸著……這一串話的意思就是她被罷免了吧？

一時間，院內族眾的臉色精彩萬分，每個人臉上俱透露著難以置信之色，而後又轉化為各種爆發，有的面露喜色，有的義憤填膺，還有的痛哭失聲！

顧晚晴聽到哭聲本來是應該覺得感動的，但是看那人一邊哭一邊笑的詭異模樣……顧晚晴覺得他應該是喜極而泣的。

至此顧晚晴也鬆了口氣，總算是卸下這擔子了，就算暫時找不到回去的方法，也不用擔心耽擱人家家族的發展了。

過了良久，吵嚷的議論之聲才在顧長德的壓制下漸漸平息，家人們的激動情緒也有不同程度的緩解，看著她的目光仍是以嘲弄譏諷居多，但有個別的、極個別的幾束目光，譏諷之中糾纏著幾絲同情，送給了她，顯然是已經預見她在失去了老太太的庇護，又失去了天醫這個身分之後，將會遭遇的困境。

對此，顧晚晴表現出前所未有的堅強。

木有事！只要那塊玉珮還在，她一定能找到回去的辦法！相比於回到未來，現在的一切負累都是虛無縹緲的……

「還珠，」顧長德以家主身分再次開口，「在妳恢復醫術之前，先交出『天醫玉』吧。」

第七章

【流放這種事……】

顧晚晴怎麼也想不到，她是想幫忙做好事啊！怎麼就能把自己搭進去了呢？

天醫玉？是啊，那塊玉珮上是有個「天」字的，但是從來沒人告訴過她這塊玉是和天醫的名頭捆綁銷售的，如果她知道，說什麼她也得硬挺著找到回去的方法啊！

「二叔，天醫玉能不能再讓我保管一天！」顧晚晴試圖說服顧長德。

顧長德連眼皮都不抬，只在一旁嘆息啊嘆息。

「半天！」顧晚晴看著一身寒意慢慢逼近的和樂，第一次恨得牙癢癢的，這個小叛徒！她以前就算總欺負別人，但對自己身邊的人還是不錯的，對丫鬟沒打過沒罰過，薪資更是不少，她居然一點舊情也不念！「兩個時辰……一個……半個時辰……」

顧晚晴最後已經將時間精確到分了，顧長德仍然在一旁搖頭嘆息，也不知道他哪來這麼多氣，怎麼沒氣死他呢！

不過現在，懊惱、悔恨、咬牙、撞牆……怎麼也挽回不了既定的事實了，再看看周遭圍觀的家人們，顧晚晴也不覺得垂死掙扎能得到什麼好處，只能眼睜睜的看著和樂拿走了自己脖子上戴著的那塊玉。

顧長德也在此時嘆完了最後一聲，抬頭安慰道：「還珠，只要妳恢復醫術，天醫玉還會回到妳身邊的，別再孩子氣了，知道嗎？」

顧晚晴抑鬱了，實在沒心情跟他說客套話，心裡一直在琢磨著……要是她從現在開始學醫，不知道有沒有能成為天醫的一天……反正她是覺得希望挺渺茫的。

就這樣，顧晚晴因為失去醫術的「自身之過」，順理成章的從天醫候選人的位置上下來了。至於老太太的遺囑什麼的，族人們也只遵從了奉顧長德為家主那一條，頭七過後就找了個日子把事辦了。對顧晚晴的事倒也挺上心，沒收天醫玉的當天晚上就監視她收拾行李搬出了天醫小樓。

搬是搬出來了，去哪呢？按理說顧晚晴就得去和母親周氏一起住，顧長德也是這麼安排的，不過人家看過她那十幾車的衣服箱子後，說清水園太小，實在不具備讓她入住的條件。

也是啊，顧晚晴看著下人一箱箱的往外搬衣服的時候也嚇了一跳，平均一個大箱子裡裝衣服大約二十套，這樣的大箱子有五、六十個，另有十餘個「只能」裝十套衣服的小箱子，據說這只是顧還珠從去年夏天到現在的衣物，以前的都做舊物處理了。

顧晚晴就尋思著，就算一天一套，一年也穿不了這麼多衣服啊？後來還是青桐給她解惑，原來只要是顧還珠喜歡的款式，那麼她所喜歡的顏色就要每個顏色都做一套，以便她隨心情挑選。

腐敗啊！不過要是能將這些腐敗的衣服換成錢的話就更好了。

顧晚晴沒錢。

確切點說，是顧還珠沒錢。

顧還珠，作為未來天醫的繼任者，作為老太太最喜歡的孫女，平時作威作福風光無限，做衣服都是以「十套」為基礎計數單位來做，這樣的一個人，居然沒錢，銀票加散碎銀子加在一起不過幾十兩。聽說這是因為顧還珠以前的用度花費都是從老太太那直接撥下來的，花錢自然也是從老太太帳上走，再說，顧還珠花錢的機會還真不多，吃穿用度府裡都一應俱全，就算偶爾在外見到什麼喜歡的東西，也是讓人直接送到府裡，由府裡結帳。

當然，顧還珠是有許多首飾的，金銀玉石珍珠瑪瑙，任何稀有品種都有，多到不得不單獨空出一個房間來裝這些首飾，想想都讓人流口水，不過她在收拾行李的時候，顧長德語重心長的對她說：「還珠，妳總有一天還是要回來的，這些東西就不要到處搬了，先留在這吧。」

人家人多勢眾，顧晚晴還能怎麼著？只能帶著她的衣服隊伍揮別眾人。

顧晚晴沒處去了。

雖然顧家大得到哪去都得乘車坐轎，之前也有無數閒置的院落，但在顧晚晴到處尋覓住處的時候，那些閒置的院落突然都有了任務，安頓遠來的親戚啊，或者曬個菜幹什麼的。

顧晚晴也非常有自知之明，認為這就是傳說中的「牆倒眾人推」，還有一種說法叫「破鼓萬人錘」。到處擠著湊合了幾天發送完老太太，顧晚晴還是覺得自己應該慶幸，大家都只是默默的排斥她，並沒有吐她口水或者揍她一頓的行為發生。

青桐對此卻不太看好，她認為顧晚晴太樂觀了，畢竟她現在算是才下臺，大家都處在觀望期，要是哪天誰做了第一個吃螃蟹的人，那顧晚晴這隻螃蟹大概是不會有什麼好下場了。

對於青桐的分析，顧晚晴深以為然。

之後過了不久，青桐就帶了一輛馬車回來，對顧晚晴說：「六小姐，不如出去避一避吧，等妳醫術恢復的那一天，何愁不能回來？」

青桐肯與顧晚晴說這些話，也是看出顧晚晴這段時間較之以往似乎改變不少，之前長達一個多月足不出戶不說，就連聶清遠那般斥責她也硬扛了，更別說交出天醫玉後幾乎是被族人逼著連夜搬出天醫小樓，至今連個住處都找不到。

青桐以前也對顧晚晴的行為十分不贊同，可她只是一個丫鬟，丫鬟的職責是服侍主子，並非是替人打抱不平，所以她並不像和樂一般對顧晚晴心存怨忿，相反，她現在對顧晚晴還十分同情，因為瞭解顧晚晴以前做過的一切，所以才更明白這個剛剛十六歲的姑娘未來的道路將會多麼崎嶇，故而才會擅自作主出了主意，要是以前，她只管聽從命令，是絕不會多說一句話的。

顧晚晴卻是十分為難，她知道青桐的決定是她最好的出路了，可是她怎麼能離開啊！離開了她就回不來了啊！天醫玉在手的時候她尚找不到回現代社會的辦法，要是離開了顧家，她回去的希望將更加渺茫！

可是，話說回來，她就算勉強留下，難道又能拿得到天醫玉嗎？看顧長德防備她的模樣……想到平日對她客氣萬分的顧長德與顧懷德，再想到只派了丫鬟出來擋駕的周氏，顧晚晴突然有些氣餒。

算了，走吧，連親娘都不要她，她無法想像在這裡要如何生存下去。至於重新拿到天醫玉……

顧晚晴嘆了一聲，「青桐，妳和我一起走嗎？」

青桐猶豫了一會，沒說話。

顧晚晴自我安慰的笑了笑，伸手拍拍青桐的肩膀，「那我就走了，妳替我去轉告二叔吧。天色晚了，我就不與他道別了。到了外頭安頓下來我再給家裡來信。」

青桐看著顧晚晴的笑臉，不知怎麼心裡酸酸的，她十二歲就跟著顧晚晴，到今年整整六年，自然明白眼前這位六小姐以前過得是怎樣的奢華生活，今日雖不算淨身出門，卻也相差不遠，心中未免感到唏噓。

青桐將顧晚晴送到二門之外，那裡已有一個五十來歲的中年僕人等在那裡。見了顧晚晴，那僕人也不過來見禮，扭頭就走了。

顧晚晴本來還想跟他打個招呼呢，一下子被晾在那，多虧她自我調節機制完備，訕笑兩聲也就過去了。

青桐卻似十分憂慮，尤其在顧晚晴連問她幾次外頭有沒有什麼合適的客棧能供落腳後，她終於意識到了情況的嚴重性，「六小姐，難道妳真不記得了？妳自出生便被大夫人以男嬰調換，大夫人貼身的刑媽媽不忍害妳便將妳丟棄，妳被當時寄居在顧家的一個遠親拾去，直到妳十歲那年手現紅痣被人發現，刑媽媽難逃良心譴責自縊身亡，臨死留下遺書這才證明了妳的身分，妳也才得以認祖歸宗，那時在靈堂外叫住你的那個婦人，便是妳的養母葉顧氏，剛剛那個男子，就是妳的養父葉明常啊！」

顧晚晴聽完，花了好一會才理解了全部內容，於是她震驚了，也明白了。

她明白了青桐那時為何是那樣的反應，一個落魄的婦人養了她十年，她竟然在問那是誰；她也明白了周氏為何待她那般涼薄，因為她根本就是周氏不要的孩子，而也因為她的出現，使得周氏落入難以挽回的窘迫境地；她更明白了，那個婦人當時會有多麼的傷心。

「所以我現在要去的地方，就是我的養父母家？」

青桐看顧晚晴並沒有特別的排斥，總算是鬆了一口氣，「小姐是個姑娘家，怎好單獨住在外頭？葉家之前一直待小姐不錯，雖然小姐這幾年並未見過他們，可葉顧氏每年節慶都會送東西進來，今日他們聽說了這事馬上就來接妳，可見對小姐還是有感情的。況且葉家家境雖貧，卻在族中擔著差事，府裡有什麼事，小姐也能更快知道。」

聽著……似乎是這麼個理。不過顧晚晴更在乎的，是她傷了她養母的心。

顧晚晴自小就沒什麼親人，是由奶奶帶大的，在她上高中的時候，奶奶也過世了，自此再無親人牽掛。從小她一直盼著自己能有一個完整的家，不是只有奶奶，而是有爸爸、有媽媽的家。可是她不敢說，她怕奶奶傷心，她總是在說「我有奶奶就夠了」，可在她心裡，她還是想要的。

現在，她好像是有了，卻又深深的把人家給傷了。

深深吸了一口氣，顧晚晴暫且放下天醫玉的事，振奮起精神。至少，在她找到回去的辦法前，先撫平她製造出來的創傷吧！

第八章

【回去的希望】

基於心中下的這個決定，顧晚晴坐著她養父的車回家。這一路上，她一直想找個突破口打開話題，但無一例外，都失敗了。

據青桐說，顧晚晴的養父叫葉明常，她以前則叫葉晚晴。他們原來是託著葉顧氏的關係才能在顧家落腳。不過在十六年前，也就是他們撿到了棄嬰顧還珠後，就被刑媽媽找由頭打發出去了。直到十年前葉氏一家走投無路，不得已又投靠回顧家，這才被人發現顧還珠手中的紅痣，又有刑媽媽死前遺書為證，隨後引發了一場熱熱鬧鬧的認親活動。

據青桐說，在那之後，葉晚晴就更名成了顧還珠，成了光環加身的顧家六小姐，葉明常則還是葉明常，除了少一個女兒，生活沒有任何的變化。

據青桐說，顧還珠六年來未再見過葉家的任何一人。

難道是顧家不許她見葉家的人？顧晚晴覺得有這個可能，畢竟當年之事也算是一樁醜聞，不願再提舊事也是人之常情。她想是這麼想，但在她心裡，內心的最深處，卻是忍不住對「自己」有點失望。

顧晚晴並不是對顧還珠一無所知的，她保留了一些顧還珠的記憶片段，雖不完整，可顧還珠認為重要的人都有出現，比如老太太，比如顧明珠，比如聶清遠，還比如一些達官顯貴、一些後宮嬪妃，包括金碧輝煌的皇宮內院，這些都在她的記憶中出現過，可她翻遍了記憶，也找不到葉明常一家的身影。

這似乎已經不必再用言語去解釋了。所以說，葉明常現在對她的態度也是她應得的。

「我之前碰到……義母了。」顧晚晴也不知道該管葉明常夫婦叫什麼，顯得有點緊張，「因為尚有旁人，所以沒有上前和她說話，她還好吧？」

葉明常卻仍是一言不發的揮動鞭子，直到顧晚晴以為這次突破又失敗了的時候，聽到一個粗啞的聲音緩聲道：「不勞六小姐惦念。」

顧晚晴立刻閉嘴了，倚在車廂入口處默默的鬱悶，同時又為離她越來越遠的天醫玉淚流滿面。不過不管怎麼說，葉明常還是來接她了，不是嗎？只衝這一點就夠讓顧晚晴感動的了。

顧晚晴不再說話，注意力便轉到了馬車經過之處，她知道自己身處大雍朝的國都，但一次也沒出過門，自然不知道外邊長什麼樣，不過想想也能知道，國都嘛，肯定是熱鬧昌盛精緻繁華的。可是顧晚晴這一路走來，所聞所見竟都是些平屋矮房，盡是些簡樸的住宅，零星的能看到幾家小鋪子，賣的也都是些日雜用品，連稍具規模的商號都沒有，街上經過的人也大多穿著樸素，一個個為生活奔忙的模樣。

按理說顧家大門大戶的，不會座落在偏僻的地方，可眼前的景象怎麼看也不像是市中心的樣子。顧晚晴又留意到這裡家家戶戶的門前都懸著素燈，似乎在為人弔唁。

因為一直受挫，顧晚晴不太敢向葉明常問話，葉明常也不理她，一直將馬車駛到一條細窄的胡同口才停下，頭也不回的道：「妳先下去吧，我去還車。」

顧晚晴依言下了車，朝那胡同中看了一眼，約莫兩米來寬的胡同，左右面對面的有兩戶人家，估計葉家就在其中一戶。

就在她目送葉明常駕車遠去，不知自己是該在這裡等他，還是該敲門進屋的時候，身後傳來一陣鼓譟，卻是跟著她一起出來的那十幾輛衣服車，十來個車夫見顧晚晴下了車，一個個的也不說話，悶聲不響的把數十個衣箱卸下車來，堆在顧晚晴身邊像座小山似的，卸完後他們就駕著空車走了，一副迫不及待的樣子。

就說她的人品有多好吧！她原本還尋思著這些人挺辛苦，一會還是給點賞錢吧，結果人家個個跑得比飛的還快。

就這樣，顧晚晴連同她身邊的箱子小山成了這個安靜街道的一道風景，不少人都在遠處好奇的瞧著她，還有許多從院子裡探頭來看的，就跟她是大猩猩似的。

站了一會，顧晚晴實在不太適應大猩猩的扮演工作，轉身走進胡同裡，隨便挑了一家的院門敲了敲。

顧晚晴敲門的時候並未使多大的力，那老舊的院門卻一下子就被她碰開，她略一停頓，便將院門推得更開些，邁步進院，「請問……」

「嘩——」

顧晚晴的手還保持著推門的動作，角色已由大猩猩迅速轉為落湯雞。

在她面前，一個身高只到她鼻子尖兒的男孩橫眉冷對，手中還拎著尚餘殘水的臉盆，「妳不認我們，還回來做什麼？妳快點走！這裡一點都不歡迎妳！」

於是顧晚晴沒費多大力氣就弄明白了，她找對地方了……

「你是葉昭陽？」青桐的講述中她有個弟弟，應該就是眼前這位了。

葉昭陽極力的挺著身子，板著小臉冷哼一聲，「就是我！妳想報復我就來，我絕不怕妳！」

顧晚晴乾笑兩聲，抹了一把臉上的水，「還有誰在家？」

話剛問出口，一個婦人的聲音便從院中的一個房間裡傳出來，「昭陽，你在和誰說話？」

葉昭陽回頭大聲道：「沒有誰，一條狗！」

顧晚晴繼續淚流滿面……她想念她的故鄉啊！

也在此時，顧晚晴的眼角瞄到院中支著的木桌上放著一張顯眼的告示，起首寫著斗大的幾個字

——顧氏醫學收錄學徒條件。

顧氏醫學……收錄學徒……

身前的少年正指著她言辭凌厲氣憤填膺，顧晚晴的注意力卻是被這告示吸引了全部。醫學……學徒……顧晚晴只覺得腦子裡一直堵塞的問題似乎有了鬆動的跡象。對啊，顧家每隔三年都會開辦免費醫學，致力於培養出更多更優秀的大夫，這……是個機會啊！

她可以進醫學從頭學起啊！說不定就能喚醒顧還珠關於醫學的那部分記憶。要是她重掌了醫術，天醫之位豈不就又是她的？而那塊天醫玉，也就唾手可得了！

第九章

【家人齊聚】

顧晚晴越想越激動，倒把葉昭陽嚇住了，他不動聲色的後退兩步，「妳要幹嘛？」

顧晚晴也顧不得答他，兩步走到桌前將那告示拿起來看。她才看了兩行，葉昭陽便從旁邊撲了過來，伸手就將告示往回扯，毫無懸念的，告示一分為二。

葉昭陽還不解恨，繼續搶顧晚晴手裡剩下的那半截，直到將所有帶字的地方都撕得看不出內容，這才把手裡的破紙往地上一丟，怒氣沖沖的道：「不准動我的東西！」

看著他寧為玉碎的勁頭，顧晚晴覺得，還是給這孩子留點空間吧……囧。

這時一個婦人拿著抹布從房中出來，正是顧晚晴稍早見過的葉顧氏，她似乎在收拾房間，衣袖捲起一半，額上也滲著細密的汗珠，她走出房間正要與葉昭陽說話，見了院中的情形便是一呆，繼而操起門邊的掃帚就朝葉昭陽追打過去，「你怎能這麼對你姐姐！看我不打死你！」

早在葉顧氏出來的時候葉昭陽就跑了，臨跑前還給了顧晚晴一個白眼加鬼臉的高難度表情，害得顧晚晴想依樣回應都很有難度。

葉顧氏此時也顧不得去追葉昭陽了，幾步走到顧晚晴面前便要用衣袖給她擦水，可手剛抬起來又頓了一下，指著她剛剛出來的那間屋子說：「快進屋去換件衣裳吧，別著了涼。」

看著葉顧氏喜悅又小心的樣子，顧晚晴心中升起一股極為濃重的羞愧感，她第一次覺得，顧還珠，妳何德何能，能被這樣一個好媽媽惦記著，簡直就是走了大運！

葉顧氏領著顧晚晴進了房間，這是院內僅有的三間正房中最大的一間，室內布置得堪稱簡陋，雖然床櫃桌椅一應俱全，但顯然都是有些年頭的舊物，也不是什麼好的用料，與顧晚晴以前住的天醫小樓何止是天壤之別？就是這樣的一個房間，卻打掃得十分整潔，床上藍底白花的帳子看起來清新又乾淨，枕褥是配套的藍色，看起來簡單，卻讓顧晚晴有了溫暖的感覺。

「妳的行李在外邊吧？我這就去搬進來……」葉顧氏在顧晚晴面前顯得有些手足無措，說完轉身就要出去。

顧晚晴馬上叫住了她，「那個……義母……」她叫得有點彆扭，不過看葉顧氏的模樣，似乎還挺開心，於是徹底放下心來，「義母從外頭的箱子裡隨便找件衣服給我就行了，至於那些箱子就先放在那吧，晚些時候再想辦法。」

葉顧氏起先還不太明白她的意思，找了乾淨的布巾給顧晚晴後才退出房間，走出胡同口一看……差點沒暈了，心裡惦念的事又多了一樣，除了晚上吃什麼外，又加上了這些箱子該住哪。

顧晚晴也在為這事頭痛呢，倒是可以先堆在院子裡，不過下雨了怎麼辦？再說把那些箱子都運進來這工程也相當有難度，不是一般戰士就能完成的任務！

過了一會，葉顧氏從外頭回來，從她尷尬的神色及屋外的吵雜聲不斷推斷，剛才在外頭觀賞大猩猩的那撥人都追蹤進來了，估計是想打聽大猩猩從哪來的。

葉顧氏手裡拿著一件藕荷色的衣裳，小心翼翼的道：「這件行嗎？一時間也找不到素服。」

顧晚晴簡直說不清自己心裡是什麼滋味了，連忙上前接過衣服，「沒關係，奶奶的頭七已過，不必再穿全素了。」

葉顧氏這才放心，退出去以示迴避。

顧晚晴剛換好了衣服，此時外頭有人「啪啪」的拍響門板，顧晚晴本以為是葉顧氏，連忙過去開門，誰知開門就見葉昭陽小霸王似的叉腰昂首站在門口，小臉沉得跟什麼似的。

葉昭陽大踏步進了門，在屋裡稍一巡視就鎖定了目標，走到床邊便把床上的枕褥抱起，怒視顧晚晴道：「這些都是我娘做給我的，妳才不配用！」

顧晚晴無語，也沒法反對，只能看著葉昭陽抱著枕褥往門外走。

快走到門口的時候，葉昭陽停下來，扭頭看著她，揚著下巴說：「我已經去『顧氏醫學』上學了，將來也做大夫，必然不會比妳差，我們就看看以後是妳厲害，還是我厲害！」

顧晚晴正想打聽這事，連忙問道：「要去上學都需要什麼條件？女孩兒要嗎？」

葉昭陽心情很複雜啊！又想回答問題以示自己學問淵博，又萬分討厭這個所謂的姐姐，不過他只是略加猶豫，開口道：「要啊，怎麼不要？宮中的醫女都是從顧家的醫學裡出去的。」他一邊說一邊用鼻子眼看著顧晚晴，以示對她的不屑。

顧晚晴卻全然未覺，自顧興奮道：「那該怎麼報名？什麼時候開學？」

聽她這麼問，葉昭陽也察覺到有點不對勁，警惕的看了她一會，突然扭頭就走了，步子飛快，也不顧懷裡的褥子都拖在了地上。

顧晚晴心中暗嘆，這溝通也太費勁了，以後要都是這樣，她必須得提前做好準備才行，比如說想知道晚上吃什麼，那她三天前就得開始問，迂迴的曲折的，怎麼費腦子怎麼來吧！真讓人暴躁啊！

可是沒一會，葉昭陽又回來了，手裡拿著一大團碎紙，冷著臉說：「想知道就拼好吧，我才不會告訴妳！」說完把那些碎紙往地上一扔，頭也不回的走了。

難道這就是傳說中的傲嬌正太？顧晚晴抓抓下巴，默默的想……她有必要拼這個東西嗎？有嗎？一會問問葉顧氏不就知道了……

只是葉顧氏太忙了，那些跟進來看熱鬧的是勸退一撥又來一撥，眼瞧著剛送一撥人出了門，又有一小撮人神色興奮的衝進來，「葉嫂子，聽說妳家來了貴客？」

葉顧氏欲哭無淚。

這種情況下，顧晚晴也不方便出去，只能躲在屋裡裝死。

倒是葉昭陽，隔一會就探頭進顧晚晴的房裡看看，反覆了三、四次，神情也是越來越惱怒，最後一次終於忍不住衝進屋子，指著那些碎紙厲聲道：「妳為什麼不拼！」

顧晚晴……瞇了瞇眼睛。

顧晚晴承認，她有時候是有點呆，但絕不傻！這小子一開始就對她擺明車馬劃清界線，怎麼這會如此熱情？如果說這事沒有古怪都對不起他這三番兩次的跑腿時間！

難道碎紙裡下了毒粉?不對啊，這小子拿進來的時候也是直接用手的啊……顧晚晴琢磨半天也沒琢磨出什麼名堂，卻不知道葉昭陽也是十分失望的。

他好不容易才想到這一招啊!又找了一張告示把報名方式挖掉了，再把告示撕碎拿給顧晚晴拼，就是想看她拼到最後卻還是什麼資訊也得不著的糗樣!這招真是……嘖嘖，惡毒啊!

只是葉昭陽的惡毒計畫註定是沒有施展餘地了，顧晚晴還是很惜命的，尤其她現在狀況不好，任何可疑的東西都要敬而遠之!

於是在葉顧氏終於打發完看熱鬧的人進屋後，顧晚晴馬上提出了清理碎紙的要求，也得到了葉顧氏的高度執行和葉昭陽的超級白眼。

忙活了一陣，在太陽落山之前葉明常回來了，他還是半沉著臉，與顧晚晴也無話可說。

一家人圍在桌前吃飯的時候氣氛有點尷尬，葉顧氏忙著給顧晚晴夾菜。葉昭陽則忙著吃桌上少見的肉菜。葉明常呢，還是那樣，沉默得很有些高手風範。

第十章

【冤家啊路窄】

於是活絡氣氛的工作又落到了顧晚晴身上，她從桌上菜式問到自家親戚，那爺倆都只當她是透明的，都是葉顧氏在回答，最後顧晚晴才問起顧氏醫學的事，這倒讓葉明常與葉昭陽的注意力朝她集中了一點。

葉顧氏笑道：「醫學裡倒是收女孩兒，第一年也是免費的，只是妳去那裡做什麼？」

對此顧晚晴只能還用那招……「關於醫術什麼的……我全都忘記了。」

其實關於顧晚晴失去醫術的事，葉家幾個人是聽說了的，不然也不會去接顧晚晴出來，只是沒得到她的親口確認，誰都不太敢相信。

寂靜過後，葉顧氏滿臉擔憂，「這可怎麼辦……」

葉明常繼續高手風範，葉昭陽嘛……看起來很開心，又跑去添了一碗飯。

「那妳與聶家公子的婚事……」葉顧氏提起這事倒比剛才更急，「皇上賜婚的日子是今年立秋。我也聽說老太太臨終前是有話留下的，說全族只須守孝三月，免得耽擱妳和聶公子的婚事，現在……不會有變吧？」

說起這個顧晚晴倒是很輕鬆，「有變，有變。前幾天聶清遠才剛來過，說起要退婚這事，現在我也不是天醫了，估計退婚的事就沒什麼難度了。」

「什麼！」葉顧氏臉色疾變，「他真想退婚？」

顧晚晴不是不明白葉顧氏在擔心什麼，這個時代的女人都重名節，在身體健康的情況下遭人退婚，對其名節的打擊力度是非常大的，將來再找婆家這都是一記洗不去的汙點，身價也會暴跌。不過……她是誰啊？她是顧還珠啊！名聲什麼的，她還有嗎？

所以她坦然一笑，「這樁婚事本就是我強求來的，人家不願也屬情理之中，如果聶家能順利的把婚退了倒還好，不然我的罪過可就大了。」

屋裡又寂靜了。

不只葉顧氏直盯著她看，連葉明常都皺了皺眉頭以示不習慣，葉昭陽更是連飯都忘了嚥，張著嘴僵在那，傻乎乎的。

顧晚晴開心了，她終於見到大家的另一面了。

當天晚上，葉顧氏翻來覆去的睡不著，一個勁的問葉明常，「晚晴她沒事吧？是不是失去醫術對她的打擊太大了？她以前……她回到顧家以前也不是這樣的啊……」

葉明常也很疑惑，自己這個養女，從小便吃不得苦，做錯了事也常常推卸責任，更是時常抱怨自己家境貧寒，認祖歸宗後便將以前的日子拋之腦後，更甚者連葉顧氏進顧府探望她都避而不見，讓葉顧氏傷透了心。可葉顧氏終是放不下十年的傾心關愛，聽到顧晚晴有麻煩還是馬上要他去接，他其實是不願的，但畢竟對這女兒還是有感情的，終是去了。

想想當年，他與顧氏成親多年而無子嗣，撿到這個女兒時幾乎喜極而泣，認為這是上天對他們的補償，自此對女兒萬般的呵護溺愛，就算後來意外的有了葉昭陽，可對女兒的感情基礎在那，還是凡事依她任她，唯恐委屈她一點，現在想一想，她之後養成那般性子，自己也不是沒有責任的。

「……你說晚晴的醫術還會恢復嗎？」葉顧氏唸叨了半宿，閉著眼睛還在問。

葉明常不言語，枕著手臂回想女兒小時候的事。剛抱到她的時候，她就那麼一點點大，像小貓一樣，一隻手就能托起來。

「……如果她恢復了醫術，就又能回顧家過好日子了……」葉顧氏的聲音漸漸有些模糊，「不過如果她不恢復……就能留在家了……」

葉家只有三間正房，左右各一臥房，中間是客廳。顧晚晴住的這間是葉氏夫婦以前的房間，葉昭陽以前也享受單間待遇的，可從昨天晚上開始，他的位置就挪到了客廳，在靠邊的地方搭了一張小床。

顧晚晴是第二天起來才發現的，當下極為過意不去，又仔細看了看家中的情況，條件實在稱不上好，只是湊和過日子。

葉明常用過早飯後就出門了，他在顧家開設的草藥局中做最基本的炮製工作，葉顧氏則到顧府中接些繡活之類的回家來做，補貼家用。葉昭陽正在收拾上學用的東西，之前因為老太太過世，醫學放假十天，今天已經是開學的日子了。

顧晚晴有心和他一起去醫學那看看，葉顧氏不放心，交代了葉昭陽幾次好好照顧姐姐，葉昭陽也滿口答應，乾脆俐落得好像他和顧晚晴一點仇都沒有似的。

顧晚晴暗暗上心啊，這小子，止不定又憋什麼壞呢！

跟著葉昭陽出了門，顧晚晴這才見到她那座箱子山居然都挪到胡同裡了，整整齊齊的堆在胡同內側，問了問葉昭陽才知道，原來昨天吃完晚飯，葉明常就叫了幾個鄰居幫忙，一起整理好了。

顧晚晴對此很是感慨，不論是葉顧氏也好，還是葉明常也好，他們對顧還珠的好都是發自內心的，不帶一點功利色彩，如果將來顧還珠能夠回來，希望她一定珍惜才是。

葉昭陽領著顧晚晴一直走也不見有停下的跡象。

顧晚晴這段時間出門就是坐轎，沒一會就有點吃不消了，示意葉昭陽停下，「還要走多久？」

葉昭陽用鼻子哼了她一聲，「這才出了顧三胡同，離天濟醫廬還有一個時辰的路吧。」說完也不等顧晚晴，轉身就走了。

顧晚晴只能繼續跟上，一路不停的和葉昭陽說話，葉昭陽對她倒也不像一開始那麼排斥了，不管知道的還是不知道的，反正都給她解答了。

原來葉家所在的地方是「顧三胡同」，雖名為胡同，其實規模早跟大街一樣了，就在顧家大宅的後身，住的都是一些很遠的親戚或者是顧家的工人。

鄰近顧家大宅這樣的地方還有兩個，分別叫「顧一胡同」和「顧二胡同」，那裡住的人身分都比顧三胡同的高些，大都是家裡有人在府裡任個小管事什麼的，親戚的關係也比顧三胡同的人近，當然再近也是遠親，真正攀得上被顧家承認的親戚都住在顧府裡，顧府又分內外兩宅，核心的親戚族人都住在內宅。

而「天濟醫廬」就是顧氏醫學的開辦地點，位於城西，規模十分龐大，僅辨藥廳就可供千人同時作業。

聽著葉昭陽的解說，顧晚晴走得也不那麼累了，同時對自己參加醫學也有了很大的信心。

天濟醫廬收學員分兩種方式：

一種是族內免費培訓，像葉昭陽這種沾了一點親戚的也能享受這種待遇。當然，這種培訓只是最膚淺的醫學指導，若想再深入學習就要交學費，對族內學員收取的學費相當低廉，不過要是用到一些草藥就得另外付費，或者自己上山採取。

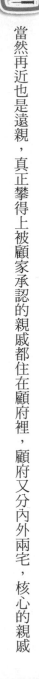

第二種是針對外來學員的培訓，第一年同樣是免費，但之後的學費會貴一點，而且之後要在顧家的醫館或是藥行實習一年方可畢業。

兩個人邊說邊走，約莫半個時辰之後眼中所見已與顧三胡同大不相同，街道更為開闊，兩邊望去盡是規模不小的商鋪，又有許多臨街擺攤的，雖是一清早，可已經是車水馬龍熙攘不休，尤其一家酒樓之前竟然排著長龍，據葉昭陽介紹，那是京城最有名的天波樓，去那吃飯的莫不是達官顯貴，最近天波樓推出了早飯餐點，無須宣傳，就已經人滿為患了。

顧晚晴看著那邊，有點好奇有什麼早飯能吸引這麼多人，剛想問葉昭陽想不想嘗嘗，一回頭，身後已經沒人了。

顧晚晴馬上眼觀六路，可這裡行人繁多，卻是再找不到葉昭陽的影子了。

這小子……是故意的吧？想到臨出門時葉昭陽的滿口答應，顧晚晴咬著牙根捏緊了拳頭……他怎麼知道她不認路呢……

還好，顧晚晴倒也不著急。人有張良計，她有過牆梯，不就是回去嗎？鼻子下邊長張嘴，她還能餓死在外頭嗎？不僅不會餓死，顧晚晴還決定先去見識見識傳說中的早飯，要是好吃的話，給葉顧氏也帶回去點，饞死那小子！

顧晚晴摩拳擦掌的就朝天波樓去了，排隊的人群從側門一直排到街上，顧晚晴打聽了一下，原來這邊是外賣窗口，想堂食嘛……看著正從天波樓正門走出的人，顧晚晴也不想堂食了。

冤家路窄啊！眼前出現的翩翩公子不是別人，正是之前號稱寧可死也不願意和她成親的精英未婚夫——聶清遠。

幾天不見，聶清遠看起來還是那麼的完美，身長、顏俊、沉穩、有品味……如果他沒發現她的話，就更完美了。

事實是，顧晚晴的女配角光芒到哪裡都掩蓋不住，聶清遠才出門眼睛就對上她了，正當顧晚晴糾結著要不要和他打個招呼的時候，從天波樓裡驟然竄出一道黑影，後面伴隨著人們的驚呼：「快閃開，小心野人傷人！」

第十一章

【女配角宣言】

野人傷人？顧晚晴有點沒太聽明白，野獸傷人或者是瘋子傷人她都能理解，野人嗎……難道其實她是穿到石器時代了？

這只是一瞬間的念頭，事實上顧晚晴看著那黑影從天波樓裡衝出來的時候就也跟著動了，直直的朝著聶清遠奔了過去！

她得去保護聶清遠啊，扭轉惡劣印象什麼的這種時候最管用了！

看著那黑影的來勢，聶清遠是首當其衝啊！她想著就算不能及時救聶清遠於野人掌下，最起碼也得護著他別當街摔個狗啃屎什麼的，只要聶清遠能保住面子從此別再對她惡言相向，能讓他們和平的商量退婚的事，她就算用自己做肉墊也在所不惜啊！

顧晚晴算是豁出去了，可憐聶清遠沒被身後的野人驚著，倒是被她嚇了一跳。

不過聶清遠自小陪太子修習各種課程，身上很有一些武藝，早在顧晚晴怪叫著往他這邊撲的時候，他身子一扭就到了幾步開外。顧晚晴只覺得眼前一花，帥公子不見了，一個蓬頭垢面的臉孔迅速在她眼前放大，她想躲……晚了！

顧晚晴和那野人結結實實的撞到了一起。顧晚晴跌倒在地還來不及呻吟，就聽周圍嘩聲一片！

的確是很重啊！顧晚晴正想推開壓在她身上的野人，那人卻已彈跳而起一溜煙的跑了，快到顧晚晴只看到他一個背影。那人竟是半裸著的，只於重點部位圍了一塊獸皮，也沒有穿鞋，頭髮長得幾乎拖地，散亂的披在身上，的確有點「野人」的意思。

顧晚晴揉著腰慢慢站起來，看看仍未離開的聶清遠，連忙狗腿的上前，「聶公子，您沒事吧？」看看，連敬語都上了。

聶清遠看她的目光中依舊充滿厭惡，「顧小姐還是先擔心自己吧！」

顧晚晴這才覺得周遭圍觀的人看她的眼神都有點不對，低頭看看自己……一個碩大的黑手印正印在她的一側胸口，宣示自己占領高地……

顧晚晴滿頭黑線啊！

此時便聽聶清遠那好聽的男中音低低響起：「顧還珠，妳於眾目睽睽之下名節有虧，我再提退婚之事，不算毫無理據了吧？」

顧晚晴又是一呆，「怎麼？你上次以死相逼想要退婚都沒成功？」不然何來「再提」二字？

聶清遠臉色更沉，他逼近顧晚晴一步，壓制著自己的聲音道：「妳裝什麼傻？不就是妳要顧長德去太后面前哭訴，說我罔顧聖意，毫無理據的想要退婚嗎！太后盛怒之下將我父親叫去訓斥一通，又說就算我死，妳顧還珠也得入我聶家之門。顧還珠，妳就那麼想嫁我嗎？哪怕我如此恨妳，妳就不擔心將來我的報復嗎！」

這可真是躺著也中槍啊！顧晚晴倒是知道太后向來待顧還珠不錯，可僅僅是「不錯」而已，怎會為了她怒斥當朝宰相這麼嚴重？其實中間還有一些神奇的事情發生了吧？

「我們能不能找個地方好好談談？」不明真相的圍觀群眾已經在猜測她的身分了，顧晚晴對此表示壓力很大。

聶清遠長眸輕瞥，眼中蔑視四溢，「妳覺得我們有什麼好談的？」

顧晚晴張張嘴的工夫，另一道聲音插進來：「或許有呢？」

顧晚晴與聶清遠齊齊扭頭，便見一個二十來歲的男子搖著摺扇由天波樓緩緩而出，那男子身形修長與聶清遠不相伯仲，模樣不如聶清遠那般周正清雋，卻另有一番玩世不恭的瀟灑之意，他的眼睛亮而有神，兩道眉毛又長又密，說話時眉稍偶有上揚，整個人都神采飛揚起來。

那人走到顧晚晴身前，仔細看了看她，唇角輕揚，「我聽說還珠妹妹因顧老太太過世悲痛過

度，竟一夜之間忘掉所有醫理醫術，連天醫之位都要拱手讓人，不知此事是真是假？」

話說到這裡，圍觀群眾頓時沸騰了，也不管身邊是不是認識的，交頭接耳的聊得熱鬧，一時間只聽人群中「顧還珠」、「顧還珠」的不絕於耳，顧晚晴的腦袋嗡嗡的響啊，希望她沒做過什麼太多危害社會的事，不然一會她很可能被激憤群眾亂拳打死！

不過眼前這人到底是誰啊？顧晚晴倒是覺得他眼熟，一定是記憶中出現過的人，可他叫什麼、是什麼身分，她卻一點也想不起來。

聶清遠顯然是頭一回聽說這事，沉穩如他也不禁變了臉色，疾聲問道：「這是真的？」

摺扇男則一臉適意的望著顧晚晴，有一下沒一下的搖著手中的扇子。

顧晚晴現在很有那種行騙被當場拆穿的感覺，如果能用氣勢表現身高的話，眼前這兩個看起來都很養眼的男人就像兩座大山，而她就是高山下的一根草，並且在高山的氣勢震懾下迅速變小。

「還珠妹妹，這件事不會是真的吧？」看著顧晚晴的反應，摺扇男瞇了瞇眼睛，似乎也有些意外，不過他迅速掩去眼中的情緒，「啪」的一聲攏起摺扇，笑嘻嘻的朝聶清遠拱了拱手，「如此傅某就要恭喜聶兄了，顧還珠做不成天醫，你的煩惱會少很多。」

聶清遠卻一點也不領情，冷著臉道：「傅時秋，聽說你與顧還珠私交不淺，今日竟如此落井下石，做你的朋友還當真讓人寒心！」

傅時秋倒笑了，「難道聶兄是在為還珠妹妹打抱不平？」他回頭看了一眼瞪著眼睛的顧晚晴，輕一挑眉，「人人都知道我傅時秋重利輕義了。還珠妹妹，我們認識第一天我就說過，將來妳若名利盡失，莫怪我傅某翻臉不認人，我可有說錯？」

顧晚晴難堪啊，相當難堪。

這個姓傅的到底是什麼人啊！這麼不要臉的話居然也能大模大樣的說出口？顧還珠啊顧還珠，妳有白內障還是怎麼的？居然能交到這樣的朋友？

聶清遠看起來一點也不想和傅時秋打交道，任他說完輕哼一聲便要離去。

傅時秋倒是不在乎自己被掃了面子，揚了揚扇子回頭與身後的小廝笑著說：「以後又可以少應付一個大小姐了，當真輕鬆不少。」

那小廝似乎也和傅時秋一樣的性子，嘻皮笑臉的沒個正形，「其實依小的看，聶顧兩家倒也不用弄得這麼僵，顧六小姐既做不成天醫，便可不必執著於正妻身分，嫁到相府給聶公子為妾，既尊

了聖意，又不使聶公子為難。」

傅時秋哼哼一笑，用扇子敲了敲那小廝的頭頂，「你倒是聰明。」

聶清遠聽罷此語猛然停往腳步，回過頭來緊盯著顧晚晴，就像這話是她說的似的，盯了半天，唇中輕吐二字：「做夢！」

顧晚晴無語……

顧晚晴有點生氣了，雖然她自從知道自己以前的行事風格後就開始低調做人，但這不表示她沒有火氣。

被人揩了油又讓人當眾數落甚至譏笑，她忍得一次、兩次，卻忍不得三次、四次！對！她是該死！但也該有個底線；對！她是女配角，但沒見她正在努力向善改過自新嗎？見她不還擊就能一而再、再而三的踩她扁她嗎？為妾？她狠狠的瞪著那個小廝！祝你全家都為妾！

長吸一口氣，顧晚晴盡力輕鬆的說道：「不做天醫什麼的……也不一定，雖然我忘了所有醫理醫術，不過我正打算從頭學起。我還年輕，或許有那麼一天，會重新做上天醫的。」

第十二章

【再回顧府】

說完，顧晚晴也不管聶清遠和傅時秋的反應，直直看著那個小廝道：「這位小哥，我不知道別人的想法，但我現在的想法與聶公子是一致的，不過有些人就是樂於以已度人，自己有那個想法不肯承認，卻偏要把那個想法強加到別人身上，並拒絕聽取任何意見，我覺得這樣是不對的，你自己想，便該自己去追求才是，何必將希望寄託於別人身上？這位小哥，你說我說得對嗎？」

經今日一事，顧晚晴已有些想通了。為了還顧還珠的債，她退避、她忍讓，無非是因為天醫玉在手，她覺得自己有回去的希望，她不會再在這久留的，所以家人的冷淡她忍了，上門的斥責她也忍了，她一心想的是找到回去的方法。

可現在呢？她已經沒有天醫玉了，現在的她必須為拿到天醫玉而努力，而這個努力的期限尚未可知，在那之前，她必須在這生活下去，這種情況下她再忍、再避，就會像剛剛那樣，任人調侃嘲弄譏笑諷刺，不僅更加讓人瞧不起、更加的蹧踐她，也會讓她身處於更為難熬的境地。

她不想每個人與她說話都是嗆聲嗆語，也不想成為所有人的敵人，逃避已經不是最好的選擇，那麼她就得努力改善現狀，必須積極面對所發生的一切！

說完這番話，顧晚晴吐出積壓已久的一口濁氣，心中的信念也更為堅定。

周遭的人群因她這番話而哄笑一片，還有不少人嚷著「男人如何做妾，自然要寄希望於他人」這樣的笑語，那個小廝的臉上漲紅一片，後退半步站到了傅時秋身後。

傅時秋揚了揚眉，對她如此反擊似乎有些意外。

「可惜……」

一道低沉的聲音冷冷傳來，顧晚晴回頭去看，便見聶清遠站在不遠處眼含譏誚，「妳說得仗義凜然，好似受了多少委屈，卻不知妳正是這樣的人，強人所難不正是妳最拿手的嗎？」

面對聶清遠，顧晚晴仍是有著一種「天生就矮了一截」的歉然，努力定了定神，她第一次正視他的眼睛，萬分懇切的道：「我以前的確做了很多錯事，我已明白婚約一事實在是我一廂情願，很抱歉讓你為這件事十分痛苦，我一定會盡所有努力求皇上收回成命，就算有責罰也應由我一力承擔，與你和聶家都沒有關係。」

聶清遠靜靜的聽完這些話，看著她，半天沒有言語。

顧晚晴知道，他不相信。

不過此時多說無益，一切口頭承諾也頂不過實際行動，顧晚晴決定馬上就去找顧長德跟他商量這件事，以顯示自己的誠意與決心。

就在顧晚晴打算退場的時候，傅時秋笑著朝她拱拱手，「既然還珠妹妹決定洗心革面重新開始，那傅某就祝妳早日重登天醫之位，到那時，說不定我們又可以做朋友了。」

顧晚晴對他卻是十分鄙視，後退一步避遠了些才假笑了一下，「不勞煩了，像傅公子這樣的朋友，交一次就夠了。」顧晚晴不喜歡心思陰沉的人，而眼前這位，顯然就是。

傅時秋對她的態度不以為忤，仍是輕鬆的搖著扇子，「話也別說得這麼滿，說不定有一天妳得求我幫妳的忙呢？」

顧晚晴真不希望有那麼一天。

幾個主角分別走了，人群也漸漸散了，雖然還有不少人對著她指指點點，但顧晚晴想通了自己短期內的生活重點，整個人比之前輕鬆不少，也有心情看看周圍的建築和一些商鋪，正在可惜沒買到天波樓的早餐時，身邊挨過來一個人。

「妳真的同意退婚？」葉昭陽瞥著她，一副「妳有陰謀」的樣子。

「是啊。」顧晚晴絲毫不訝異他的出現，他把自己撇在這，多半會躲在一旁看她的反應，「你

沒見他根本不想娶我嗎？」

「但是這樁婚事是妳當初硬求來的不是嗎？」葉昭陽很糾結，「又是皇上賜婚，哪那麼容易就退了？」

顧晚晴停下腳步看了看他，「應該是很有難度的，所以麻煩你把我送回顧家大宅去，我想見見二叔和他商量商量這件事。」

葉昭陽瞪圓了眼睛，「妳真的想退婚！」

顧晚晴無語，他們剛才都說什麼呢……

「退了婚，妳以後就嫁不出去了！」葉昭陽似乎有點激動，臉都漲紅了。

顧晚晴詫異的看著他，「你在擔心我嗎？」

葉昭陽登時有些惱怒的瞪了她一眼，不過顧晚晴卻覺得心裡似乎滋長了一些不知名的東西，讓她有些開心。她笑著摸了摸葉昭陽的頭頂，「其實本來我也嫁不出去吧？」

葉昭陽不滿的躲開她的觸碰，人卻沉默下來。

領著顧晚晴走了一會，葉昭陽突然轉進旁邊的一條胡同裡，就在顧晚晴以為他又想甩掉她的時候，他又出來了，手上拿著他的外衣，只剩中衣和褲子穿在身上。

葉昭陽無視顧晚晴的疑惑，走到她身邊把衣服扔給她，「妳遮一遮吧，難看死了。」

顧晚晴低頭看看自己胸前的那只黑手印，咧開一個笑容。

「那你怎麼辦？」顧晚晴追上他，發現街上已經有不少人在看他們了。

葉昭陽一揚頭，「我是男人，怕什麼！」

顧晚晴徹底笑開了，把那件少年身量的衣裳搭在肩上擋住那個手印，與他一同又往顧家的方向走去。

一路上，顧晚晴時不時的問他一些街道名稱或是方位，葉昭陽表現得十分不耐，卻也都一一答了。最後在遠遠看得見顧家大宅的時候他住了腳，再一次確認，「妳真的要去？」

顧晚晴笑著揮揮手，「你快回家去換件衣服，然後去上學吧，一會我自己想辦法回家就行了。」

顧晚晴朝著顧家大宅去了，她對這宅子並不陌生，可那僅限於宅子內部，現在站在外頭，頓時覺得門也高了、牆也寬了，門邊兩隻鎮宅石獅穩然而立，質樸又大氣，因為尚在孝期，朱紅色的大門被大幅白綢整扇遮住，門扉緊閉並未打開，只開了一邊側門，大門之上，一塊寫著「天醫神針」的黑底金字匾額高懸，據說此乃先帝御筆，彰顯著顧家與眾不同的醫者地位。

早在顧晚晴往這邊走的時候，守門的門房就已看見她了，連忙迎了上來。雖說現在整個顧府都知道這位六小姐失勢了，可也不是他們幾個門房就能隨意得罪的，當下便有一人進內報訊，另一人將顧晚晴從側門迎了進去。

顧晚晴剛一進門，便有一個婆子上前遞過一方孝帕，顧晚晴學著那婆子的樣將孝帕於腰間墜了，這才隨著指引前往內宅。

走到一進院的時候，那領路的婆子讓顧晚晴到花廳稍候，又差了人去叫轎子。

顧晚晴知道顧宅地方大，倒也不著急，安心的在花廳裡等著。不想這一等就等了半個時辰，有這時間別說找轎子，她自己都能走到內宅去了。

又等了一會，顧晚晴忍不住想讓人去催催，可剛才還站著幾個下人的花廳裡不知何時變得空蕩蕩的，她連叫幾聲都沒人搭理，無奈她只得走出花廳，還沒找到剛剛那個婆子，倒見到一個女子從旁邊的偏廳出來。
那女子約莫二十來歲，模樣是好的，就是臉色十分蒼白，她懷中抱著一個孩子，看起來也就一、兩歲，偶爾咳嗽兩聲，聲音很濁。
看見顧晚晴，那女子疾步過來，「請問我什麼時候能見二老爺？」
「二老爺？」顧晚晴看看她懷中的孩子，一張小臉通紅通紅，雙眼緊閉，也不知是在睡覺還是昏了，「妳找二叔為這孩子醫病嗎？」
那女子聽了顧晚晴的稱呼「通」的一聲跪下，「這位貴人，求妳讓我見見二老爺，真哥兒今天早上睜了眼的，他還有救，求求妳……」
顧晚晴拉她也拉不起來，一時間不知如何是好，正當這時，剛才領路的那婆子不知從哪裡跑出來，兩下便掰開了那女子抓著顧晚晴的手，把顧晚晴帶到一邊低聲道：「六小姐莫理她。她那孩子二老爺看了，說是送來晚了，救不了了，原是讓她早些回去準備後事，豈料她在這待了一晚上，就是不走。」
顧晚晴見那女子抱著孩子只是哭，心裡也跟著覺得難受，又問那婆子：「這是誰家的家眷？」

在她想來，顧家這樣的人家，一般人怎麼可能入門求醫？

可那婆子卻道：「並非府裡的人，她昨天晚上抱著孩子過來。咱們原是讓她去天濟醫廬的，可她死活不去，就等在這不走，正巧二老爺從宮裡回來，便給看了看。二老爺說這孩子患的是肺症，已經燒壞了，要是醒著的時候來或許還有救。」

顧晚晴聽完心裡更加難受，顧長德的醫術她是知道的，雖然他不會梅花神針，可顧家積累了百年的醫理經驗足以讓他成為醫術行業的佼佼者，他都說沒得救，那必定是沒救了。

可是看看那孩子，小臉燒得通紅不說，口唇都已經發紫了，微張著嘴呼吸頻率極快，顧晚晴看著實在是不忍心，「可給大長老看了？」

她剛問完，那婆子看她的眼神就有點不對，而那女子一聽這話立時撲了過來，「小姐救命！救救我的孩子！」

顧晚晴忍不住伸手撫上那孩子的額頭，入手滾燙滾燙，似乎燒得她手心都疼了，她也顧不得那婆子為何是那種表情了，握著孩子的小手道：「我要見大長老，快送我們過去！」

那婆子的腦袋立刻搖得像波浪鼓似的，「小姐又不是不知道，要見長老們必須得家主同意，六小姐……以前或許是能隨便見到長老的，可現在……」

婆子的話說得支支吾吾，但意思倒也表達得明確，而顧晚晴雖然知道長老們都住在內宅的「長生閣」中，但距此處甚遠不說，重重把守她也未必能順利通過。

眼見那孩子手上的力氣漸小，顧晚晴又急又躁，不自覺的將孩子的手握得緊緊的，她突然便覺自己手心一脹，一股痠麻之感由手心徐徐灌入身體。也不知拔動了哪根神經，顧晚晴只覺得一陣頭暈眼花，胸口也悶悶的像壓了一塊巨石。

也在此時，那女子與婆子齊齊「啊」了一聲，顧晚晴也覺得手中一動，勉強穩住心神，再看那孩子，竟然緩緩的睜開了眼睛。

第十三章

【一條小命】

那孩子的眼中還帶著明顯的虛弱，可不僅呼吸較之前平緩不少，連臉上的漲紅都退去了些，精神頭也眼見著恢復了，顧晚晴雖不明就理，但也極喜，忙不迭的道：「快送他去二叔那！」

那婆子十分為難，剛剛她遞話進去，二老爺聽說是六小姐求見，說是一會還要入宮。話未明說，卻誰都明白二老爺這是不想見六小姐，可這孩子……昨天晚上二老爺給這孩子診治的時候倒也上心，診斷無救時還十分惋惜，現在這孩子眼見好轉，二老爺也未必不治，要是因為自己的緣故錯失了診治之機，到時候誰能聽她一個婆子辯解？

想到這裡，那婆子便默許了顧晚顧領著那女子上了轎子，到時候倘若追究，大不了就是沒攔住顧晚晴，但終究是救了一條性命！

顧晚晴與那女子坐在轎中。那女子不停的與孩子說話，顧晚晴就一直握著孩子的手。孩子自醒來精神就越來越好，最後連咳嗽都沒有了，雖然仍是虛弱，但已能開口說話了。可不知道為什麼，顧晚晴只覺得自己越來越暈，呼吸也很不暢快，整個人昏昏沉沉的，連那女子與她說話她都忽略了。

到最後，顧晚晴不得不鬆開那孩子的手給自己做做按揉，她只會揉揉太陽穴、壓壓虎口這種簡單常見的方法，卻也見效，頭中的昏沉感雖然還在，但沒有加重了。

轎子走了約莫一段時間後終於停下了，那婆子在外道：「六小姐，二門到了，您見了二老爺，可千萬別說是婆子我放您進來的。」

顧晚晴聽了這話倒也明白，心中暗嘆人家是人走茶涼，她這是人還在茶就涼了，原來是顧長德不願見她，怪不得要她等了那麼久，估計若不是她碰到了這個女人，那婆子還不會出來。

顧晚晴身體不舒服，也無心去應付那婆子，就淡淡的應了一聲，這倒讓那婆子忐忑起來，待幾個粗使婆子換下轎夫抬著小轎走了，她還在合計，這一聲「嗯」是什麼意思呢？是應了她了？還是記在心上秋後算帳？剛剛那話還不如不說了，這一說，六小姐豈不就明白二老爺原是想閉門謝客的？到時候他們相互怨恨了，自己裡外不是人。

在宅門裡待得久了，人的心思未免就變得重了，其實顧晚晴哪有那麼多想法，事情過了就是過了，顧長德不願意見她自有他的道理，她若不是有事與顧長德商議，也未必會來求見，既然知道了對方的想法，那麼辦完了事以後敬而遠之就是，何必想得那麼複雜，又何必明明不願交往，卻又做出情深意切的惺惺之態？

又過了不久，小轎再次停下，到了顧長德居住的惟馨園外。

顧長德平時很忙，這段時間因為尚在孝期才得了點清閒，按老太太臨終的話，守孝三月即可，本應這三月內不見客不訪客的，不過凡事總有無奈，昨晚他還是被麗妃娘娘召入宮去請脈。

麗妃與他夫人洪氏是同族遠親，平素經常走動，此時又正當聖寵，他不好推脫，不過此例一開，他這清閒算是到頭了。

此時顧長德正靠在書房的搖椅上閉目養神，手上握著一卷醫書，想的卻是昨晚的那個孩子。

身為醫者，必懷仁愛之心，顧長德也不例外，那樣一個鮮活的小生命即將逝去，這是誰也不願看到的。

「二伯，《紫源古方》第一冊明珠已整理好了。」溫軟低柔的聲音自書房另一端響起，一個身著淡青色掐素牙邊衣裙的女孩兒自寬長的書桌後站起，她面容溫婉，雙目灼亮，眉眼間的氣度極為清正，正是顧家五小姐顧明珠。

顧明珠用小扇搧乾了墨跡，這才將冊子合起交給一旁的丫鬟，那丫鬟繞過擱置香爐的條案將冊

子又遞給另一個丫鬟，最後才到了顧長德手中。

顧長德接過冊子仔細翻看。《紫源古方》是顧家祖傳數百年的一套藥方大全，可這套古方只是半成品，記錄這古方的先祖未及整理便過世了，其中的記載包羅萬象，卻也雜亂無比，另有許多似是而非的地方需要後人仔細甄別完善，是而顧家後人，尤其是有機會繼承家主或是天醫的人，重整古方是必修之課。雖然幾百年來顧家已將此方完善得幾近完美，但作為對新人的試煉，這項課程還是必不可少的。

顧長德猶記得自己第一次修方之時才剛剛十六歲，正與顧明珠一般年紀，整理的古方與前輩完善的古方相對比，準確率已占得五成，這已是很了不起的成績了，因為《紫源古方》中所列方劑有許多都十分生僻，若無切實經驗，根本無法從醫書中獲取正解。

顧長德還記得，兩年前，一個十四歲的女孩兒整理《紫源古方》，初次準確率便已達七成，那孩子就似天生為醫術而生，任何醫理藥理針技手法，幾乎無須學上第二遍，便能融會貫通，任何人都不得不承認她是一個天才，大家也都相信她會將顧氏帶到另一個全新的顛峰。只是可惜……

可惜醫術難掩其心術有偏，人在世上，難免爭、難免鬥，可以用心機、可以用詭計，可就是不能忘了醫者的最後底線；也可惜，她一夜之間，由光華珍珠變為黯淡魚目。

輕嘆一聲，顧長德將心思集聚到手中醫冊上，一道道古方仔細看來，竟越看越為訝異。

顧明珠也曾整理過《紫源古方》，同樣是她十四歲那年，與顧還珠一起。那時她的成績便已不俗，但在顧還珠的光環之下，任何人都顯得黯然無光，顧明珠也是如此。可現在，手中醫冊中記載的竟有多處是連他都聞所未聞之方，雖然與古方原文有悖，但仔細推敲，又無不精妙絕倫！顧長德一時間看得極為忘我，雖仍有多處錯誤或不及之處，準確率也只在五五之數，可瑕不掩瑜，顧明珠大膽的更改古方，反而令這方子更顯光芒！

顧長德看得已忘記稱讚，往往對著一個方子思索良久，才又笑著點頭。一冊方子即將翻完，他竟有未盡之意，也第一次覺得，大家實在是太忽略顧明珠了。

大家似乎都忘了，顧還珠還未回歸之際，顧明珠才是族中的希望所在，她小小年紀便沉著穩重，於醫道更是秉持虔誠之心，待人謙虛和善，雖為庶出，氣度卻比嫡出小姐更為端莊，長老們在看過她的資質後，甚至起過將梅花神針傳授與她的念頭，要不是顧還珠回來……

真是可笑，身為醫者，最該注重的首先應是人品，而後才是醫術，他們之前，卻是本末倒置了。

顧長德極為不捨的合上那本醫冊，又閉目細細品味了一番，這才睜眼道：「明珠，妳較兩年前有了極大的長進。」

顧明珠得此讚揚既不驕傲，也不過分謙虛，輕輕笑道：「都是在長老們和二伯的教導之下，才有此進步。」

顧長德點點頭，他已迫不及待的想看顧明珠整理出第二冊了，正想開口之際，丫鬟進來稟道：「老爺，六小姐求見。」

顧長德的眉尖立時收了一下，「就說……我即刻就要出門，讓她先回去。」

那小丫鬟一聽這話躊躇了一下，漲紅著臉道：「與六小姐同來的還有一個婦人，帶著一個孩子，六小姐說那孩子病了，想請老爺幫忙診治。」

提起孩子，顧長德自然而然想到昨晚那個，便仔細問了問，聽丫鬟形容那婦人的衣著模樣正是昨晚求醫的婦人，不由心下不快。

昨晚他已診明那孩子無救，婦人無知不肯相信也就罷了，怎地顧還珠還將她帶進來？莫不是要再給他難堪？想到這裡，顧長德臉色更沉，顧還珠有意用難治之症為難他，已不是第一次了。

想起上次他險些在太后面前出醜，顧長德心中怨怒，與那丫鬟惱道：「什麼人都肯放進來！將他們都趕出去！不准踏進惟馨園一步！」

那丫鬟嚇壞了，支吾了半天才道：「剛剛那孩子喊餓，青環便帶那孩子去廚房找吃的了……」

顧長德正待發怒，突然一驚，從椅上猛然跳起，「什麼！那孩子醒了嗎！」

小丫鬟怯怯的點頭的工夫，顧長德已從她身邊掠過，衝出屋去。

這怎麼可能！往廚房的一路上，顧長德滿腦子都是這個念頭。

顧長德素來明白自己俗念太重，又有些貪慕富貴，心思分散之下於醫道上不可能有太高建樹，可饒是如此，他對自己的醫術還是十分自信的，更別說如此明顯的病症，他斷無錯診之理！昨晚他替那孩子看診，分明是風熱襲肺已至休克，脈象虛浮似實若無，體熱卻寒顫不止，皮膚已有花紋樣浮現，乃是極重的肺炎之症，性命已在呼吸之間，藥石不靈了，怎會經過一夜便醒了，又會要東西吃？

顧長德又驚又疑，一路飛奔至後院廚房，遠遠的，從廚房敞開的大門他便見到昨晚的那個婦人正抱著孩子於案前吃東西。那孩子軟軟的靠在母親身上，雙頰雖然仍有些浮紅，精神卻是極好，居然還能時不時的回應母親的問話，顧長德頓時覺得……他肯定是遭人陷害了。

沒有理由啊！要說這孩子沒有奇遇突然之間好成這樣，這是絕無可能發生的！

顧長德慢慢的走近廚房，在門口看了那母子倆一會，越看越是驚疑，過了良久這才將目光轉到一旁，那個倚著案板歇氣兒的姑娘。

顧晚晴很難受啊，她不知道自己怎麼突然變成了這樣，再看看那個眼見著好轉的孩子，她差點以為自己會吸星大法，把那孩子的病氣都吸到了自己的身上。

難道是早上氣壞了？還是走路太多累著了？她正分析病情的時候，便見顧長德在廚房門口露了頭。顧晚晴馬上站起來，「二叔，你快看看這個孩子，他醒了。」

顧長德卻一直盯著她，好一會問了句：「妳替這孩子診治過了？」

第十四章

【相當的糾結啊】

「我？」顧晚晴愣了愣神，一邊搖頭一邊訕訕的道：「二叔你忘了，我什麼都不會了……」

顧長德將信將疑的看了她一眼，便到那孩子跟前替他把脈。

那孩子的精神頭已經很好了，顧長德翻他眼瞼又讓他伸出舌頭來看，他都一一照做了，他母親急著問道：「天醫老爺，真哥兒沒事了吧？」

顧長德擺擺手，「我並非天醫。」又道：「從昨晚到現在，他可用了什麼藥物？」

婦人搖搖頭，指著顧晚晴說：「多虧了這位貴人，真哥兒是沾了她的貴氣才醒來的。」

顧長德聞言又回頭看了看顧晚晴，眼中疑色更重，不過他沒有與顧晚晴說話，而是讓丫鬟領那母子去空房中安頓，準備著手醫治那個孩子。

顧晚晴因為惦念便跟著那母子一起去了。

沒多時，顧長德來了，身後還跟著顧明珠。

看見顧明珠，顧晚晴略顯尷尬，就她做過那事，道歉都顯得太假了。

顧明珠卻似沒事發生一樣，但也沒有以往那麼熱情，與顧晚晴僅是點頭示意，便退至一旁，看

顧長德施針。

顧長德洗淨雙手，示意隨行的丫鬟將一個精緻針包展開放於床頭，另點了火燭置於一側，以方便一會消毒。

他先是讓那婦人將孩子的上衣除去，又問了問孩子的病程，並不時的在孩子身上按觸，問那孩子的感覺，最後他拿了一個牛角質的圓筒置於孩子的後背聽了一會，這才開始準備施針。

顧晚晴以前雖然見過顧長德給老太太施針，可老太太病情大家早都知道，施針時也往往急促，不會像現在這樣問診，所以此時見這一套流程下來，倒覺得有點新鮮。

顧長德先取一粗短的針具於火上炙烤，那針頭呈三稜形，也不若其他銀針那般纖細，像個小錐子一樣，顧長德拉起那孩子的手，分別刺他小指與掌心。

顧晚晴離得近看得分明，一針下去，那孩子的手掌便已滲出血來，心中當即吃驚不已。

顧晚晴對針灸的認識大多來自於電視和減肥廣告，她也覺得針灸就是拿那麼長的針扎到穴位中去，所以在頭一回見到那包天醫金針時還很好奇，因為針具中不止有長短細針，還有多個扁頭的、三角頭的粗針，她那時還在好奇，要是用這樣的針扎進穴位裡，人不得跟中了暗器似的！

現在看了顧長德的施展，她這才隱約明白，原來這樣的針是用來取血的。

果然，顧長德一刺便收，連續擠壓那孩子的手掌，擠出了幾滴血後令丫鬟擦去血跡，又將孩子翻過來，同樣的方法刺其後背，依樣的擠出血後，又刺了胸口、耳尖與小腿，這才將針收起，與那婦人道：「孩子的病症明顯較昨晚減輕不少，妳再想想，其中可發生了什麼特別的事？」

那婦人想了半天，仍是一臉茫然。

顧長德見她也說不出什麼，便交代人將他們送往天濟醫廬。

天濟醫廬中多得是良醫，如今這孩子的病情已經穩定，更無須他再出手，只要每日以針刺穴加之湯藥輔助，半月便可康復，顧長德心裡牽掛的是這孩子突然好轉的事，可問那婦人卻是得不到絲毫有用的資訊，難道真是上天開眼奇蹟出現？顧長德雖敬鬼神，卻也不太能接受這樣的事實。

想來想去，顧長德便又想回了顧晚晴身上，如果她醫術不失，以她梅花神針的手段，或許能救這孩子一命？可，就算用梅花神針，孩子的病情也不該恢復得如此之快才是！

顧長德心裡有事，說話做事未免就心不在焉。

顧晚晴一直在等著和顧長德說話，可他神遊去了，顧晚晴和顧明珠對了半天的眼，相當的彆扭。

顧明珠還好，一直半垂著頭等顧長德回神。

顧晚晴卻不太好，她本來就不太舒服，又站了這麼長時間，胸口覺得更悶了，最後終是忍不住開口道：「二叔，我這次來是有事要和你商量。」

顧長德被叫回神來，看向顧晚晴的目光十分糾結，可他問過一次，顧晚晴已經否認了，他也不好再問，便問道：「什麼事？」

此時顧明珠在旁道：「二伯與六妹妹有事商量，姪女就先回去了。」

顧長德正待點頭之際，顧晚晴笑道：「沒什麼好迴避的。二叔，我想和聶清遠取消婚約。」

此言一出，不止顧長德愣了，連顧明珠都似乎極為訝異。

顧晚晴看著他們的反應心中嘆氣，接著道：「這門婚事本就是我強求而來，聶公子因此受到極大的困擾，事後想想，他心中有怨，將來就算依旨成親，我與他也不會幸福。」

「二叔，我知道這門親事是聖上下的旨意，但如若我們雙方都有退親之意，一起去皇上面前陳情，皇上收回旨意的機率就會很大了。」說完她想了想，又補了一句：「如果皇上怪罪，我願一力承擔後果。」

顧長德的眉頭在顧晚晴開口之際就擰成了一個大疙瘩，聽她說完了這些話，氣是不打一處來，「妳說得輕巧！妳一力承擔？皇上金口玉言，說出的話要如何收回？如果能隨意收回，置帝王尊嚴何在？就算皇上當真同意，我顧家的顏面又復何存？屆時我顧家將會是京城頭等笑柄！承擔？妳要如何承擔？」

其實倒不是顧晚晴刻意把這事想得簡單，她也想過這些，如果現在說要退婚的是顧明珠，說不定她也能搬出一大套的尊嚴顏面來說，但這事的當事人是她啊！她沒別的辦法，就得去試試，要不然問題怎麼解決呢？

「二叔能否帶我入宮直面皇上或是太后？」顧晚晴說出自己的打算，「我願當面陳情求得皇上諒解。實在不行，我也願意效法聶公子的作法，與顧家……脫離關係！斷不會拖累顧家。」

顧長德與顧明珠都瞪了瞪眼睛。

這是公然的違抗聖旨啊，她怎麼能說得如此輕鬆？

其實呢，違抗聖旨到底有什麼後果？砍頭嗎？就像人人都知道飛機失事的嚴重性一樣。人人都知道，卻誰也不相信這種事會降臨到自己頭上，顧晚晴現在就是如此。

讓她一個生在新社會中的普通女孩兒去理解皇權的威嚴不可褻瀆簡直太有難度了。皇帝在她印象中是只在電視劇裡才會出現的人。

「妳……」顧長德似乎想說什麼，又忍住了。他打量了顧晚晴半晌，沉聲道：「還珠，妳與聶家的婚事雖是老太太出面相求，卻誰都知道是妳的意思，皇上當初看在顧家的功勞上應允此事已屬不易，又怎會同意退婚之事！」

說到這，他頓了頓，「還珠，如果妳現在仍是天醫的繼任者，甚至已經接任天醫，皇上或許還會給妳一分顏面。可妳現在什麼都不是了。明白嗎？妳若貿然與皇上提起此事，其後果也斷不是妳與顧家脫離關係就能了結的！」

聽著這些話，顧晚晴的頭更疼了，也就是說，失去了醫術的她，連去求人的資格都沒有了。

「二叔，我從剛才起就有點頭暈，你幫我看看？」顧晚晴實在是忍不了了，隱隱的還有點想吐的感覺。

顧長德說那番話也有試探之意，可顧晚晴的請求更像是在向他宣示自己的立場，顧長德便覺有些不快，認為顧晚晴是在以此堵他的話，當即起身道：「讓明珠幫妳瞧瞧吧，我還有事。」說完便離開了房間。

顧長德離開，卻是去叫外院的下人進來回話。他相信如果那孩子的好轉是與顧晚晴有關，那麼一定會有人見到了什麼。

顧長德走了半天，顧晚晴才隱隱感覺到他好像是生氣了，至於為什麼生氣，她是兩眼一抹黑，根本摸不清問題的方向。

不過想想，估計還是為了退婚那事，嗯，雖然他表現得有點隱諱。

如此一來，顧晚晴就琢磨著要不要再求求顧明珠幫自己看看。她抬頭看看她，她也正看著自己，目光堅定清澈。顧晚晴想了想，還是歉然的朝她笑笑，也跟著離開了。

不是顧晚晴不信任顧明珠的醫術，而是面對她時始終覺得很彆扭，如果她能像聶清遠那樣反應倒好了，可幾次面見，她都是恬恬淡淡什麼事都沒發生的樣子，讓顧晚晴拿捏不好對她的態度。

也裝著沒事？似乎太過分了，她可是差點就把人家害死啊！

跟她道歉？看她這模樣，要是輕輕的回一句「我都忘了」什麼的，那更尷尬了，太不好收場了，還是先觀察吧。

顧晚晴仍是坐著小轎離開，到了外院的時候還找那個婆子，給了她一角銀子求她幫忙找頂轎子來。那婆子辦事倒利索，沒多時就找好了轎子，依著顧晚晴所說的，一路把她抬回了顧三胡同。

葉顧氏正在家裡急得轉圈。早上葉昭陽回家來把事情大致說了一遍，又說顧晚晴去了顧家談退婚的事。葉顧氏是又急又怨，怨她怎麼這麼魯莽，正急著，顧晚晴回來了。

顧晚晴的臉色很不好，葉顧氏見了心中擔心，忘了追問退婚的事，連忙張羅著去找大夫。

顧晚晴剛回了自己的房間，把頭上的兩枝簪子去了，又洗了洗手臉，打算回床上躺一會。

這一洗手，顧晚晴就覺得有點不對，水盆中剛剛還清澈得見底的水怎麼變得這麼渾濁？她的手有那麼髒嗎？

她狐疑的伸手攪了攪水，半盆清水此時已變得汙濁。顧晚晴研究了一陣也沒什麼結果，只能歸究於剛剛載她回來的轎子太髒，她沒留神蹭了滿手。

那衣服也沒見髒啊……太深奧了。

又過了一會，葉顧氏便領了個大夫回來，是個半老頭子，一副醫術很神的模樣，不過他為顧晚晴切了半天的脈，什麼也沒查出來。

顧晚晴也覺得自己好多了，整個人都神清氣爽了起來，好像剛才病懨懨回來的那個根本不是她似的。

那老頭大夫有點不滿，最後還是在跑腿費的安撫下……滿了。

今天這事，顧晚晴覺得依自己這智商是想不出原由的，只能說是和那個孩子一樣，受老天眷顧了。

不容易啊，女配角也能被眷顧。

只是現在問題似乎更多了，不說天醫玉的事，那看起來很遙遠，只說近的，退婚的事暫時看來是沒什麼希望了，虧她還當著聶清遠的面大拍胸口保證，吹牛吹大了。

不過……顧晚晴不由自主的想到今天顧長德為那孩子醫病的情景，腦中揮之不去的是那婦人的欣喜面龐與孩子嚅嚅的笑容，想到這裡，顧晚晴也跟著泛起一抹笑意，不止為了天醫玉，醫術，她好像更嚮往了。

明天還是跟著葉昭陽弟弟去天濟醫廬報名吧！顧晚晴握拳，一定要好好學習！

她下決心的時候，葉顧氏卻去找了葉昭陽回來，原來葉昭陽回來將事情說了之後，便又回到顧府前等著顧晚晴，只是顧晚晴是坐著轎子出來的，與他錯過了。

知道了葉昭陽的這份心思，顧晚晴心中更為感動，同時也在思索，自己到底有沒有什麼一技之長，能幫這個家改善一下現狀。

想啊想啊想，想法很多，卻都不知可不可行。

到了晚上，葉明常回來了，帶回來一個消息。

「今天大管事叫我過去，說要將我調入拾草堂，如果我們能在拾草堂做藥農，生活要比現在好過多了。」

拾草堂是顧家專植草藥之處，分種植普通草藥的外堂與種植稀有草藥的內堂。

葉明常雖然只能在外堂種藥，卻也十分的高興，也不裝大俠了，話多了很多，「將來昭陽學醫用到的藥材我們也能貼補，不用到外頭買藥或是上山採藥那麼辛苦了。」

葉顧氏聽了這個消息也很興奮，不過還是有點困惑，「你最近做了什麼好事？怎會突然把你調到拾草堂去？」

葉明常聞言斂了些笑容，情色複雜的看了顧晚晴一眼，「聽說是二老爺親自下的命令，要我們全家這兩日就去城外找拾草堂的大管事派活，以後，我們就得住在那邊了。」

不知道為什麼，聽到這裡，顧晚晴那顆不甚靈光的腦袋突然閃光了一下，城外啊……全家啊……住在那邊啊……顧長德此舉……和她有關嗎……

看來不止是住在宅門裡糾結，出了大宅門的生活，也很是糾結啊！

第十五章

【傳說中的高難度】

當天晚上，一家人興致高昂的討論了良久以後的事，葉顧氏說明天就去同在拾草堂做藥農的堂嫂的表姨的乾表姐家去探聽探聽經驗。葉昭陽說等他入學滿三個月後就可以從天濟醫廬借書回來看了，到時候多借一些有關於草藥生長習性的。葉明常雖然還是聽多說少，但破例的喝了點酒，還默不作聲的給顧晚晴夾了兩筷子菜。

顧晚晴也受到這種氛圍的感染，雖然覺得顧長德是有意想將她弄出城去，但這對於葉家來說畢竟是一件好事，況且她不是真正的顧還珠，就算能面對以前的「仇家」報仇，可憑藉著她記憶中的那點事，根本不足以應付未來很長一段時間的人際交往，總不能醫術忘了，人也都忘了吧？所以暫時離開京城未免也不是一件好事。

不過她特地打聽了一下，所謂的「離開京城」是指到京城城郊的莊子裡或者分配一小片山頭，最遠的種植點離京城也就半日路程，她這才放了心，否則要是一竿子把她支到離京城十萬八千里的地方，她是打死也不會去的。

這次的漫談一直持續到深夜，等葉昭陽實在熬不住去睡了，顧晚晴才一邊幫著葉顧氏收拾碗筷，一邊與她道：「義母，我們就要離開京城了，我那些衣服搬來搬去的實在麻煩，我想將它們賣了，妳一會和義父商量看看有沒有什麼出路？」

葉顧氏聞言一愣，而後才反應過來，急著道：「有什麼麻煩的？我們去城外，那邊的住處大多很寬敞，妳這些衣裳不愁沒地方放，況且，妳以後還是要回去的，現在把衣裳賣了，將來回去要穿什麼？」

顧晚晴笑道：「我可不知道自己什麼時候能回去，倒是知道我們馬上就要走了，那些衣裳不只搬運麻煩，況且我才十六歲，身體還在發育，用不了多久那些衣服就都穿不下了，與其等到那個時候，不如早點賣了，省事不說，咱們到了新的地方也難免有用銀子的地方，正好可以貼補些家用。」

「那怎麼行！這事我不同意。」葉顧氏搶過顧晚晴手裡的東西又將她推出廚房，「妳這雙手是要拿針的，不要做這種粗活。」

顧晚晴無奈，只得順著她的意從廚房出來，可賣衣服的心思卻很堅決，又重複了兩遍，直到葉顧氏勉強答應，她這才回房休息。

賣衣服，是她所想的主意中最能解決現實問題的一個，她那幾十箱衣服都是用料精細做工考究，還有相當大一部分都沒上身，根本就是新的，所以應該還是能值些銀子的，其餘像是做點新奇的小東西或者是學著做生意什麼的，別說她會不會，只說賺錢的速度，根本沒辦法最快的解決葉家的窘境，更別提做什麼都需要資金，而她現在除了衣服，基本處於一窮二白的狀態。

第二天一早，顧晚晴正請教葉昭陽昨天記下的那幾個穴位時，葉明常主動過來與她道：「昨晚妳娘……妳義母把妳的想法與我說了，如果妳真的想把那些衣服都賣了，倒是有兩個法子。一個是都拿到當鋪去，方便又省力，但他們開的價錢應該不會太高；另一個嘛，是我們自己去賣，不過這樣收益比較慢，可能一年、兩年也未必賣完。」

隨後葉明常又詳細的說了一下怎麼當、怎麼賣。要當的話，他正巧與城東的金誠當鋪家的一個老夥計相熟，可以透過他引見當鋪掌櫃，給的價錢也能較外邊略好一點；如果要賣，倒也不必親自動手，可以拿到成衣店去寄賣，不過這些衣服有些是穿過的，倒是得挑揀出來，雖然看起來無差，但新衣與二手衣服還是區分開來得好，諸如此類的。

顧晚晴看著葉明常有條有理的侃侃而談，心中不由十分訝異，她一直覺得她這個義父心是好

的，但不擅言辭，算是個悶葫蘆老好人，卻沒想到他做事這麼有章有法，昨晚才說的事，今早就拿出了比較可行的方案，關鍵是方法的優劣長短都能列得清清楚楚，讓人一目了然。

顧晚晴原是想自己賣的，但此時又想聽聽葉明常的意見，便道：「義父有什麼想法？」

葉明常果然已經有了主意，不假思索的道：「如果能將穿過的衣服揀出來拿去當，所得的銀兩便可去租成衣鋪的鋪位，到時候妳娘……咳，妳義母還能去替妳看著，妳那些衣服都是十分考究的，放得久了也不愁沒人買。」

聽完葉明常的話，顧晚晴十分滿意，笑著說：「那我這就著手收拾，其他的，都按義父說的辦。」

葉明常像是很意外她這麼爽快就答應了，愣了一下，才點了下頭道：「那好，你們先收拾，我今天到拾草堂去打聽打聽，看看把我們分到哪個莊子了。」

葉明常早飯也沒吃就急著走了。

用飯時，顧晚晴又提起去天濟醫廬報名的事，葉昭陽哼了一聲道：「其實妳去也是白去，今年招收的時間已經過了，要再等三年才會重招學員。況且，就算重招，他們也不會收妳的。」

「為什麼？」顧晚晴想了想，覺得應該是被她以前的盛名所累。

葉昭陽卻撇著嘴道：「妳的脾氣那麼壞，把妳收進醫學去，那些夫子豈不是自討苦吃？」

顧晚晴囧了。

想了一陣，顧晚晴決定還是先在家整理衣服。

葉明常今天走的時候就囑咐了葉顧氏儘快收拾東西，因為顧家周圍的這幾條胡同中的房產都是顧家所有，能住在這裡的都是和顧家沾親帶故的，所以也不收租金。就因為是免費居住，所以縱然是顧三胡同這種不太富裕的居住區，也有很多人排著隊等著入住。葉明常昨天接到調動的通知時，大管事就順便知會了他，要他最好在這兩三天內就搬出去，這院子已經另有主人了。

就因為如此，顧晚晴也得儘快處理完那些衣服才行。

其實細說起來，顧晚晴除了幾套自己穿過的，並不知道那些衣服裡哪些是新的、哪些是舊的，因為它們看起來都很新，也不知道是因為打理得好，還是因為顧還珠以前根本沒有穿過。於是她和葉顧氏只能憑感覺挑揀。到最後，顧晚晴根本懶得去把那些衣服拿出來，就在衣箱裡翻一翻；倒是葉顧氏，看得很仔細，尤其將那些衣服上綴有一些珍珠或是小寶石的都挑出來單獨裝箱，才整理了一半，就挑出了三大箱子。

顧晚晴以為她是想將這些十分華貴的先挑出來，方便以後販賣，便也沒想得太多。

到了下午，葉明常急急忙忙的趕回來，說是得馬上趕到拾草堂去，今天他去打探消息，拾草堂的大管事特別暗示他不要去得太晚，不然有一處好地方就會分給旁人了，那裡優山美地天高水清，種植條件就不用說了，是極好的，配給的房屋設置也相當過關，據說還很大。

葉顧氏聽他這麼一說也急起來，但又對著滿屋的衣服發愁。

葉明常道：「我們先把二妞家的後屋租下來放這些東西，等我們在那邊安頓好了，再回來處理這些衣服。」

他這話是在徵求顧晚晴的意見，顧晚晴自然沒有不應之理，當下葉明常就去隔壁商量存放東西的事，又順便叫了隔壁家的二小子去天濟醫廬找葉昭陽回來。

折騰了一個下午，顧晚晴與葉氏一家乘著馬車踏著夕陽的餘暉趕著出了京城。為了搬那些衣服，他們都累得筋疲力盡了，顧晚晴更是一上車就睡著了，直到葉顧氏叫她，她才醒了過來。

此時天色已暗，顧晚晴問了問，才知道自己居然睡了兩個多時辰，拾草堂都已去過了，不過葉顧氏想著讓她多睡一會，就沒叫她起來。

現在他們所去的地方是拾草堂分配下來的，聽說是一個叫「千雲山」的小山頭，葉明常追求新生活的願望急切，這才決定連夜趕過來。

又過了片刻，馬車停了下來，跟著便聽葉明常稍顯迷惘的問道：「請問一下，這裡可是千雲山，天醫神針顧家的產業？」

一個驚喜的聲音迅速傳來：「是是，你們是拾草堂派來的人？」

葉明常應了是，那聲音激動的道：「我等你們很久了，你們快進去吧，我在這待了一年，也是時候走了。」

顧晚晴在車裡聽著這話覺得有點奇怪，不是說這是一處極好的地方嗎？怎麼這人一副唯恐避之不及的模樣？

因為好奇，顧晚晴便探頭出去看，見那人是一個四十多歲的男子，再看他身後的建築，顧晚晴不由得一呆。

也對，顧氏家大業大家底豐厚，不僅為親戚免費提供住房，上學還有優待，但這不代表顧家就沒有茅草屋子。

是的，一個籬笆小院，三間茅草屋子，孤伶伶的座落在這座小山頭之下，襯著皎潔的月光，倒也顯得有那麼一點田園之樂的意味。只是……這怎麼看都不像是傳說中的優山美地啊！

葉明常還瞪著那幾間茅屋發呆，顧晚晴叫住了茅屋的上代業主：「請問……這裡真的是千雲山？」

那人一副極為舒心的樣子，「不錯。」

「不是說這裡條件還不錯嗎……」葉顧氏也回過神來，追著問了一句。

那人笑道：「可不是不錯嘛！這裡又叫『半月荒』，地裡不管種什麼，半個月準荒了。拾草堂也知道這個情況，不過這裡這麼大，也不好讓它閒著，所以每年都會派人到這裡來試一試，收這裡的草藥價格也會略高一點，平時還有顧家特批的周濟金，什麼都不用做就能吃飯，條件還不好嗎？」說完又拍了拍葉明常的肩膀，「老哥，我看你拖家帶口的不容易，到時候就多往顧家報幾個人頭，他們不會細查的，給的周濟金也能多些。」

那人說完樂顛顛的走了，也不擔心夜路難行，看來是在這待得夠嗆的了。

葉家一行人以葉明常為首，相互看了看，神情都說不出是震驚、是擔憂、還是失望。

葉明常與拾草堂是簽訂了協議的，每年至少向拾草堂上交各種草藥一千斤，拾草堂則用高出市價兩成的價格收購，葉明常那時還覺得顧家對他們實在太過照顧，可現在看來……

第十六章

【倒楣的不止是自己】

「會不會是……大管事分配錯了？」葉顧氏猶豫著開口。

葉明常搖了搖頭，倒是很冷靜，「咱們簽的契約就是千雲山無疑……」他沉著臉想了一會，回頭看了看一臉惶然的葉顧氏，神情放緩了些，「明日我再去拾草堂問問吧，許是有什麼差錯，放心吧，不會有事的。」

葉顧氏雖然點頭，但仍是惴惴的，顧晚晴也不知該怎麼安慰她，她心裡總是隱隱有一種感覺，這件事，就是衝著他們來的。但此情此景，還是少開口為妙，一切，就等明天問完再說吧。

當天晚上，葉家四口就住在這幾間茅屋中，條件比原來還要差上幾分。因為覺得這事情有差錯，所以他們並沒有把東西安置下來，仍是裝在車上，只把馬卸下來餵了草料。這馬車是借來的，目前的情況下，馬比人可矜貴多了。

一家幾口連衣服都沒脫，湊合著睡了一晚。

第二天一早葉明常就起來裝車了，這裡雖有簡單的灶具，但誰也沒心思吃飯，一家四口怎麼來的又怎麼回去了，直奔拾草堂。

顧晚晴以前倒是聽過拾草堂的名頭，它包產內銷，只供應天濟醫廬所需的藥材，因為天濟醫廬不只是看病，還有醫學培訓，所以每年所需的藥材量是十分驚人的，這不僅解決了許多顧家親戚的生活問題，還因它的規模性成為大雍朝草藥行業的一個標準，許多藥鋪都是按照拾草堂收藥的標準來收取藥材的。

拾草堂就在京城外十里處，是一個極大的莊子，像商鋪一樣開了八扇的門面，並不多麼氣派，卻十分的寬敞，裡面有八個櫃檯，都是用來接待和驗收各地前來的藥農和草藥的。

葉明常在拾草堂外停住了馬車，回頭交代一句便跳下車進去了。顧晚晴與葉顧氏還有葉昭陽就在車裡等著，誰也不說話，氣氛相當凝重。

顧晚晴實在不知道該怎麼安慰他們，就掀開車簾一角朝外看。

拾草堂門前來來往往的馬車很多，進出的人也都操著各地口音，空氣中充斥著一股淡淡的草藥味道，堂前掛著的黑底金字大匾在陽光下熠熠生輝，一切都給人以繁茂昌盛的印象。

除了拾草堂，顧家又另有成藥堂，名字就叫「天濟成藥」，不過相較於天濟醫廬和拾草堂的規模，成藥只能算是附屬之下的產業，一年產量有限，雖沒明言專供，卻往往在成藥推出時就已被達官顯貴之家買去備用，尋常百姓很少能夠買到。

顧晚晴正在車裡感嘆顧家家大業大的時候，從拾草堂中大步走出一個四十多歲的中年胖子，他身後跟著許多人，其中就有一臉急色的葉明常。

這一幫人浩浩蕩蕩的就朝馬車這邊來了，一個個神情還很振奮，摩拳擦掌的模樣，看得顧晚晴直迷糊，以前超市大拍賣的時候她倒是從一些搶購阿姨身上見到過這種風範。

那群人轉眼便已走得近了，領頭那人朝葉明常高聲笑道：「葉官兒，快讓六小姐下來給我們見識見識，這種名動京城的名流小姐，我們可從沒見過。」

這話顧晚晴聽得很不舒服，怎麼聽都有一種嘲弄調侃的意味，態度輕佻極不尊重，還小姐……姐你妹啊！

更可惡的是那領頭的說完之後，後頭那群人就跟著起鬨。

葉明常臉色漲得通紅，「我要見大管事，你們、你們不要胡鬧！」

那領頭的一扭脖子，斜睨著葉明常道：「咱們都是顧家的人，想求見六小姐怎麼了？說起來六小姐對我顧三兒還有恩呢，我那媳婦就是六小姐賞下的，現在我來謝恩，怎麼了？」

那顧三兒顯然一點也沒將葉明常放在眼裡，而他驕橫的態度不像是要謝恩的樣子，反倒是想挑事的。

葉明常本就不擅言辭，此時急得頭上冒汗，張開雙臂就要去攔欲至馬車前的顧三兒。

不過顧三兒身後跟著的那些人也不是擺設，出來兩個就把葉明常挾住，其中一個還給了他一肘，葉明常低呼一聲彎下腰去，顧三兒不屑的輕哼，徑直朝馬車而來。

顧晚晴見到葉明常吃了虧當即急了，躬身就要下車，卻被葉顧氏緊緊拉住，葉顧氏顯然已慌了神，卻還是叮囑她：「他們顯然是來欺侮妳的，妳要是下去，豈不等著讓人取笑！」

也在此時，葉昭陽扯開車簾就跳了出去，車簾落下之前，顧晚晴只見葉昭陽不發一言的衝向顧三兒，而後便聽車外一陣喧亂。

葉顧氏死死的抓著顧晚晴的雙手不讓她動彈，自己貼到車窗處順著窗簾縫朝外看，只看了一眼，眼淚就流了下來。

顧晚晴急得也貼過去看，便見葉昭陽倒在地上，一邊臉頰腫得老高，顯然是被人打了。

顧晚晴的火氣登時便壓不住了，她來到這裡這麼久，第一次火上心頭，葉顧氏卻側身把她攔到車廂內側，低聲急道：「不能下去，不能下去。妳要是下去了，指不定還會出什麼事。妳聽話，聽娘的話，就聽這一次……」

看著葉顧氏眼中的懇求與擔心，顧晚晴便覺心裡酸澀得無以復加，眼眶也跟著酸漲酸漲的。他們是要找她吧！他們是她以前的仇人吧！他們是來報仇的吧！他們要報仇，就衝著她來啊！

顧晚晴一直覺得，她以前做錯了事，有人恨她也是應該的，可她沒想到這種怨念會連累到她的家人。

「妳好好待著，我下去和他們說說……」葉顧氏不放心的一再叮囑，這才擦擦眼淚鑽出車去。

顧晚晴腦子裡亂亂的，也不知道自己是該聽話留下，還是該跟著下去。要是留下，她能躲多久？她已經失勢，而對方那麼多人，遲早會過來的；可如果她跟下去，場面萬一失控，拖累的還是葉家三口……

一時間，她也沒了主意。

葉顧氏下了車便撲過去護住葉昭陽，連連求饒道：「六小姐是寄住在我們家的，要是出了差錯，我們擔當不起，這才攔住了三爺，況且這裡實在不便，如果三爺想見六小姐，也得等我們安頓下來，才方便招待……」

顧三兒根本不聽葉顧氏的，他今天是鐵了心想要挫挫這位六小姐的戾氣，為自己也為媳婦出頭！

葉顧氏見顧三兒絲毫不停，立時放開葉昭陽跪到顧三兒身前，微泣著連連作揖，「三爺，你看在咱們都是族親的分上，放過咱們吧……」

顧晚晴在車內看著這一切，看著受了傷的葉明常與葉昭陽，看著葉顧氏不顧尊嚴的跪求，看著顧三兒不屑冷笑，看著那群譏諷起鬨的人……

顧晚晴穩住氣得發顫的手，心裡竟慢慢的冷靜下來。

她生氣，也不知究竟是在生自己的氣，還是在氣這群人的咄咄相逼，但不管是哪種，葉家人為她所受的踐踏是切切實實的。葉顧氏說得對，這群人是衝著她來的，她要是這麼下去，不僅幫不了葉家三口，很可能還使自己也陷入被人奚落的窘境。

「你們……這是做什麼？」

一道輕笑的女聲從人群外飄了進來，眾人紛紛相讓，一個身形高䠷的年輕女子走了進來，她梳著婦人的髮髻，不過二十來歲的年紀，生得柳眉彎目十分可人。

有人認出了她，招呼道：「三娘子來了。」

那女子沒有理會出聲之人，自顧走到顧三兒身邊，居高臨下的睨著葉顧氏，臉上嘲弄顯而易見，「我們不過是想向六小姐謝恩，你們這般橫攔豎擋的，別人見了，還以為我們要害六小姐呢！」

葉顧氏顯然是認得她的，呆了一呆才喃喃的道：「原來是綠柳姑娘……」

顧晚晴在車內看著這個年輕婦人，竟然覺得有些眼熟。她仔細想了半天，才發現，這個綠柳，她居然是記得的。

綠柳是她回到顧府後老太太送她的兩個大丫鬟之一，另一個自然就是青桐。相較於青桐的沉默，綠柳會說話，手也巧，原來很得老太太喜歡，到了顧還珠這也是處處都壓著青桐一頭，儼然是天醫小樓的首席大丫鬟。

顧還珠這個人，對外人很跋扈，對自己人倒還是好的，有時綠柳還會給她出出主意，她對綠柳便尤其信任。可就在兩年前，三房顧懷德的長子、顧還珠的四堂哥顧宇生突然來天醫小樓討人，想要納綠柳為妾。

顧宇生是他們這輩裡少有的浪蕩子，那時就已有一正妻、一平妻、四個小妾和幾個通房了。

顧還珠不知為何對這種納妾之事極為反感，當即把顧宇生罵了回去。

顧宇生便四下說是綠柳先勾搭他，他才起了這樣的心思。顧還珠聽說了這事，極怒之下不聽綠柳辯駁便打了她十個板子，正巧拾草堂的管事帶人來府中回話，她就隨便指了一個下人把綠柳送給他做妾。

後來偶爾聽青桐提起，才知道綠柳過門不久那家的正室便得急病死了，綠柳是個會討人喜歡的，那人就把她扶了正室，現在看來，當初隨便那一指，指的便是顧三兒了。

「綠柳已嫁作人婦，何當『姑娘』二字？」綠柳看著葉顧氏，滿臉譏誚不減反增，「我這門親事還是六小姐給的呢。」

葉顧氏早就慌了神，和顧三兒說的那些話都是硬著頭皮說的，此時哪還有什麼主意，抓著綠柳的裙襬不鬆手，只想著不能讓他們見到晚晴，不能讓他們欺負晚晴……

此時圍在四周的人越來越多，知情的一臉好奇探究，不知情的都紛紛打聽內幕，也有人感嘆虎落平陽被犬欺，不過這一論調往往才一出口就被人罵了回去，就算不知內情，顧六小姐的惡名還是廣傳在外的。

「義母。」一直沉寂的馬車裡突然傳出一道清亮的嗓音，「他們既要謝恩，便讓他們過來吧。」

第十七章

【逆襲吧姑娘】

遇到這樣的事要怎麼處理？

顧晚晴不知道，她從不是一個多麼伶俐的人，也沒有那麼多細膩的心思，不知道要如何才能不動聲色的反敗為勝。她只知道，葉家三口正在為了保護她而努力，那麼她便不能辜負這種努力，她必須得想辦法擺脫這種困境，並且，保護關心她的人。

葉顧氏聽到顧晚晴的話呆了一呆，臉上急色更濃，看向綠柳的目光滿是驚惶。

綠柳盯著馬車的方向，眼中閃動的滿是不屑與怨忿。一個來歷不明的丫頭，只憑那所謂的紅痣與一封遺書便能身居要位，因她一時喜惡，就能肆意妄為，就能隨隨便便的決定別人的一生！眼下，她終於受到了報應，失去了紅痣，失去了老太太，連顧家的依憑都失去了，失去了一切胡作非為的資本，如今倒要看看，她現在還有何底氣頤指氣使！

想到自己青春正茂之時卻要嫁給一個與父親差不多年紀的男人為妾，想著自己每日要面對來自丈夫子女的冷眼與厭惡，想著自己兩年多來不斷傾心鑽營，頭髮都熬白了幾根，才能使丈夫從一個小小的僕役晉升為拾草堂的三管事，想著這兩年來自己遭受的種種委屈與隱忍……

綠柳緩緩的走近馬車，期待著一會掀起車簾時，那位驕縱跋扈的六小姐的難看神情，依她的性子，她一定會破口大罵，抑或會出手來打人，不管是哪種，今天顧還珠的臉是丟定了！

就在綠柳將手伸出欲掀車簾之時，車內忽地傳來一句：「不必請見了，妳與妳丈夫，便在車外拜謝吧。」

綠柳的指尖輕輕抽動一下，臉上諷色更濃，不冷不熱的道：「奴婢多日未見小姐，十分想念……」說著，她抬指便撩起了車簾。

車簾掀起的一刻，四周的人群不約而同朝馬車正面擠了擠，大家都想看看這位傳說中的六小姐長什麼樣子。顧三兒那一行人則是做好了發言的準備，務必要讓這位六小姐今日不好下臺！當然，這其中有人是為了真出氣，但絕大多數人，卻是抱著看熱鬧的心思來的。

眾人翹首觀看之時，便見綠柳後退了一步，跟著馬車輕晃，一個窈窕的身影從車裡出來，身形挺直的立於車頭，居高臨下的，緩緩巡視了四周一圈。

出來的人自然是顧晚晴，她卻沒有以真面目示人，用髮簪固定紗帕遮去大半面容，只露出一雙明亮大眼。

顧晚晴的目光最後定於綠柳面上，慢慢的道：「綠柳，妳嫁了人，卻越來越沒有規矩了。」

綠柳很是訝異她居然能這麼冷靜，跟了她四年，綠柳很清楚這個前主子的脾性，莫不是因為失了勢，所以行事也謹慎起來了？

想到這裡，綠柳淡淡笑道：「少了六小姐管束，奴婢自然大不如前。」

這時顧三兒身後的人群中不知是誰高聲喊了一句：「六小姐作風向來大膽，怎麼今天還蒙起臉來了？莫不是嫌我們粗鄙，沒資格相見嗎？」

顧晚晴循聲去看，卻根本看不出是誰在說話。不過，這個年代的男女之防雖不像傳說中的那麼謹慎，但在眾目睽睽之下非得讓一個姑娘摘掉面巾還是萬分不妥的，顧晚晴知道他們有意刁難，當即攏起眉頭，冷聲道：「是誰說的這句話？」

顧三兒下巴一揚，「六小姐，怎麼？還不許人說話了？」

顧晚晴絲毫不退，「怎麼？你要認？」

顧三兒伸手朝身後一比劃，「這話雖不是我說的，卻也是我們的心裡話，六小姐嫌棄我們，別出來就是了，何必蒙著臉給大夥心裡找堵！」

「你這麼說，那就更要找出這人是誰！」顧晚晴站於車頭身姿筆直，毫不相讓，「我顧家剛行大喪，但凡顧氏族人必要謹守孝道，孝期內不得娛樂交際，不得訪客會友，顧家產業繁多，不可能人人依足孝道，卻也應該明白這個道理！你們今日聚眾於此，神情和樂，毫無哀戚之色倒也罷了，居然還敢指責我守孝之舉？我顧家不容這等不孝之徒，此事我定會稟明家主，結果如何你們自行考慮，如要包庇那不孝之人，當同不孝論處！」

這番話說完，人群中寂靜了好一陣子，方才有人底氣稍顯不足的道：「是我說的，不過我並非顧家之人，不孝之名卻是罩不到我的頭上！」

顧晚晴這回可找到說話的人了，他躲在顧三兒身後，看著她的目光稍有閃爍。

顧晚晴看了他一會，放緩了口氣，「既然如此，那便怪不得你了。不過你現在可明白了我的用意？」

那人支吾了一陣，又縮回顧三兒身後去了。

顧晚晴的高高提起，又輕輕放下，出乎了所有人的預料，一時間對她早存偏見的外地藥農都十分錯愕：這六小姐，倒也不像不講理的……

顧晚晴又低頭看向綠柳，「妳現在見到我了。」

她說的是肯定句，所有人的心中卻都想起顧三兒與綠柳之前執意要顧晚晴出來，是打著謝恩的名義的，現在嘛……

如此卻大大出了綠柳的意料，她本以為顧晚晴一現身，現場就會因她的驕橫變得混亂不堪，屆時趁亂便能做許多事，可萬萬沒想到，這個向來只用鞭子說話的六小姐，居然突然講起理來了。

「謝恩什麼的就免了吧。」顧晚晴再次開口，又一次的讓眾人錯愕，「我只希望妳以後與妳丈夫能夠互敬互愛，相扶相守的走完一生，也是我最初的初衷，哪個要妳感謝了？」

顧晚晴不厚道的忽略了綠柳嫁給顧三兒的緣由，但現在是變相吵架，誰跟你講道理！這也是從剛剛那位仁兄身上受到的啟發。

綠柳面色急變，眼中已有怒火，不過顧晚晴料準她不會拿這婚事的委屈來說事，顧三兒就在旁邊，如果她一訴委屈，豈不是要置顧三兒於尷尬之地？就算她今天能揚眉吐氣，那她將來還過不過日子了！

綠柳果然不願將話題轉到自己的婚事上，退後幾步到了顧三兒身邊，淡淡的道：「六小姐不論做什麼事，總是有道理的。」

顧三兒自娶了綠柳，沒少得她幫襯，也全憑她，自己才能做上這三管事之位，加上綠柳又年輕漂亮，所以顧三兒對這媳婦很是疼惜，這兩年裡裡外外的聽說了不少綠柳以前受的委屈，心中早有不滿，此時見綠柳頗有委曲求全的意思，心中火氣更盛，上前一步正想說話，又聽顧晚晴笑了一聲。

「可惜。」顧晚晴盯著剛剛上前的顧三兒，「有些人不覺得我有道理！他得了嬌妻美眷卻絲毫不知感恩，還要恃顧家之名逞惡行凶！」

她越說聲音越厲，最後一掃剛剛的緩和之意，疾聲怒道：「顧三！你不念我對你的恩情倒也罷了，竟還打我義父欺我義母！我義弟那麼小的年紀你們居然將他打得吐血！顧三！此事你若不給我個交代，我顧還珠，不介意用鞭子讓你知道什麼叫做道理！」

顧晚晴聲色俱厲，緊握的手心卻布滿冷汗，耳中根本聽不到自己說了什麼，俱是「怦怦」的心跳聲……堅持，一定要堅持下去！

四周又寂靜了，數十雙眼睛齊刷刷的看向顧三兒。

綠柳隱約覺得這樣的六小姐才有幾分以前的樣子，可這時機……太不對了。

從圍觀眾人的神情中就可看出，他們是贊同六小姐的話，不覺得她凶惡，也不覺得她無理取鬧，還有一部分同情的目光送給了葉家三口，這一切，簡直太糟糕了。

原本他們只想為難為難她，看她受驚也好，看她撒潑也好，大家取笑一樂的事，但現在的氛圍，明顯不對了。

綠柳趁著眾人的注意力都在顧三兒身上的當口，悄悄向後移動，與顧三兒身後一人交代了幾句話。

顧晚晴也是實在繃不住了，她到現在才把怒意發出來，已經是忍到極限了，她差點就成忍者神龜了！

「他、他、還有他！」顧晚晴指著剛剛對葉明常動手的幾個人，看著顧三兒道：「這幾個人剛剛動手行凶，這件事，你要如何處置？」

顧三兒有點騎虎難下的意思，原先的設想只做了個開頭，然後就完全失控了。

那幾個被顧晚晴指出的人倒還講點義氣，當即有一人站出來昂然道：「大家都看到了，是這老頭和這小子先動的手，我們是被迫自保，他自己身子不頂事，又與我們何干？」

此話一出，立時有不少人響應，紛紛示意葉明常與葉昭陽是自討苦吃。

顧晚晴氣極反笑，再不和他們講理，「你們是主動出手還是被迫自保，又與我有何干？只憑他們是『顧還珠』的義親，便不是你們能碰的人！」

剛說到這裡，一個華服中年男子從分開的人群中走了進來。「還珠，妳又在胡鬧什麼！」他眉頭微皺，顯得有些不悅。

這人便是拾草堂的大管事顧敏德，與顧長德是同輩兄弟，老太太去世前他到府中去過幾次，故而顧晚晴認得。

不過，以前他見到顧晚晴的時候都是恭恭敬敬的行禮喚「六小姐」，哪像今日，儼然一個長輩的樣子。

顧晚晴看了看他沒有說話，旁邊已有人將事情的經過大致說了一遍。

顧敏德看著身上帶傷的葉氏父子，神情稍有不快，擺擺手道：「都圍在這做什麼？還不給傷者敷藥包紮？」說著又抬頭看著站在車上的顧晚晴，緩聲道：「還珠，別耍脾氣了，咱們進去說話。」

說罷，顧敏德也不管顧晚晴的反應，轉身便朝人群外走去。

顧晚晴緩緩的、長長的吁了口氣，跳下車來，顧三兒等人的臉上便見了笑容，旁人也覺得此事就此罷了，卻猝不及防顧晚晴操起車上的鞭子甩手就抽到了地上，「啪」的一聲，震起一片塵煙。

寂靜之餘，圍觀的圈子也迅速擴大。

「顧大管事。」顧晚晴握了握手中的鞭子，心中的緊張惶然早已不知飛到哪去，朝著顧敏德停住的背影道：「別人不知道，但你是瞭解我的，今天之事如果我肯這麼甘休，那我就不叫顧還珠了！」

第十八章

【往日的光輝】

她抽響了……她抽響了……顧晚晴撂完狠話後腦子裡唯一想的就是這四個字。

慶幸啊！

抽鞭子也是要技巧的啊！要是她抽不響鞭子，那該是多麼搞笑的一幕！

她這也算是誤打誤撞，主要是身邊也沒什麼別的更合手的武器了，她就抱著試試看的態度……沒想到，真的行！

不得不說，顧晚晴這個架式還是很有震懾力的，顧敏德稍有埋怨的看了顧三兒一眼，若是這六小姐待著沒事自己發飆也就罷了，可現在顧三兒他們顯然是被人抓住了痛腳，把人家義親打傷了，又有這麼多人看著，如何處置倒是個難題。

「還珠。」顧敏德語重心長的道：「這件事我定會給妳個交代，傷人者也必會嚴懲。妳義父義弟還傷著，我們還是先進去包紮，不然都堵在這，也耽誤拾草堂的運作。」

他這話聽起來是妥協了的，葉明常與葉顧氏的神色都有鬆動之意，顧晚晴卻晃了晃手中的鞭子，態度不見絲毫軟化，「顧大管事，除非你讓人動手將我強拿進去，否則，在這件事有了結果之前，我哪也不去！」

鋪好的臺階她不下，不只葉氏夫婦憂心忡忡，一旁看熱鬧的藥農都有些議論，這擺明了是不給大管事面子啊，事情還能善了嗎？

不過顧晚晴卻深知自己在他們心中的形象，眾目睽睽都敢為難自己了，進去？己方老弱婦孺，沒有了圍觀群眾，到時如何處置還不是他們說了算？

所以說，激發潛能這回事是的確存在的，經此一役，顧晚晴明顯覺得自己的智商提高不少。看顧敏德仍態度曖昧，顧晚晴把臉一沉，指著拾草堂的方向道：「義父！把馬車趕過去，堵上他們的大門！此事不了，休想我會甘休！我倒要看看，顧大管事是如何包庇惡徒的！」

以前的恩怨不提，單單這件事，顧敏德一方是不占理的。眼見著顧晚晴不依不撓，圍過來的人也越來越多，顧敏德臉色稍沉，目光掃向顧三兒，「剛剛是誰傷人？」

見大管事發話，剛剛那幾個動手的心裡都不免忐忑，硬著頭皮站出來了。

顧敏德又看向顧晚晴，臉上再沒有一絲笑容，「妳想如何處置？」

顧晚晴輕哼，將鞭子遞出，「顧三兒！你一人抽他們兩鞭子！」

那幾人臉色急變，他們都是拾草堂的小頭頭兒，要是當眾被打了，今後顏面何存？

顧三兒也急了，直以目光詢問顧敏德。

顧敏德徹底惱了，「簡直胡鬧，來人！把六姑娘請進去！」

顧三兒等人一聽這話，哪還客氣，可才至顧晚晴面前，她手中的鞭子便指了過來，「你們再敢上前一步試試！」

在幾人稍有躊躇之際，顧晚晴甩手就將鞭子朝顧敏德抽了出去，「我再不濟也是顧家的六小姐，輪得到你來拿我？你們簡直吃了狗膽！狗仗人勢的東西！」

顧晚晴每說一句便是一鞭甩出，技術不太好，鞭子指不定飛到哪去，可鞭鞭針對的都是顧敏德，眾人紛紛避讓。

顧敏德四下躲避，雖然真正挨著的就那麼一兩下，但架不住顧晚晴來勢洶洶，避讓之間不免狼狽不堪。

他一邊躲一邊喊人幫忙，顧三兒等人想要阻止，可心裡也不免掂量後果。須知譏諷嘲弄是一回事，動手可又是另一回事了，他們最初的目的也不過是想氣氣這位驕橫的六小姐，看看她的笑話罷了，最要緊的，六小姐現在打的是大管事，要是自己衝得太快，吸引了六小姐的目光，到時候大管事會不會來救自己，那就不好說了。

他們心裡犯嘀咕，自然沒有那麼賣命。這可給了顧晚晴施展的機會，她就盯準了顧敏德，雖然技術不太靈光，但威嚇的架式是有的，幾鞭子下去後，她把鞭子往地上一摔，指著顧三兒一行，「你們一個也別想溜！」而後回頭厲聲道：「顧敏德，進來回話！」

說罷，顧晚晴直朝拾草堂內而去，所經之處，眾人自覺的讓出了一條寬敞通道。

這……才是六小姐的真面目啊……眾人紛紛感嘆，不過，心裡總覺得，這事始終是顧敏德等人不對在先。

顧敏德今天的顏面可丟大了，剛才一鞭子掃在他的髮髻上，現在他披頭散髮的，極為狼狽。因為顧晚晴只叫了顧敏德，其他的人樂得在後頭裝死。

說起來，這位大管事平常也不太厚道，只因跟執掌拾草堂的顧府三老爺顧懷德關係親近，這才能以平平資質做上大管事的位置，平時沒少占堂裡的便宜，偶有暴露就都推到下屬頭上，一來二去的，那些沒在他身上吃過虧的都不免防著他了，現在這情況，又哪會主動與他共同進退？

顧敏德心中氣極，他是被人叫來出頭的啊！結果到了關鍵時刻，他們都縮到後頭去了，簡直是沒用！也不想想，那顧還珠就算再凶悍，還凶得過男人？怎麼就都被他嚇往了呢！

他實在沒想到，這裡面也有他自己的功勞。

顧敏德鬧了個灰頭土臉，看著顧晚晴的背影氣得直咬牙，再等他看到周圍那些看熱鬧的藥農，頓覺顏面盡失，怒聲道：「都圍在這做什麼！」

圍觀群眾怕被牽連，都竊笑著散了，同時議論那位六小姐會再怎麼整治這個大管事，一時間說什麼的都有，但都只是一笑而已，他們大多來自外地，什麼六小姐，什麼大管事，這樣的事跟他們一點關係都沒有，只看個熱鬧罷了。

在他們中間，有一個眼睛圓圓的矮個小廝，他剛剛在人群裡看到了全過程，不禁暗暗咋舌。以前倒也沒少見這位顧六小姐發飆，但飆得這麼有理有據甚至令人同情的卻還是頭一遭，也算個新鮮事，當即加快腳步奔回自己來時乘坐的馬車，一溜煙的返回京城去了。

這人正是傅時秋身邊的小廝，名叫樂子，這次到拾草堂是奉命取藥來的，沒想到就碰上這麼個事。

傅樂子一路飛奔，進了京城直奔興隆昌戲園而去，到了那的時候，好戲正要開鑼，傅時秋呢，果然已從倚翠閣轉戰到了這裡，時間算得剛剛好。

傅時秋在戲園二樓的雅間中，隨興吃著身邊的姑娘遞來的各式水果，一邊聽樂子講他的見聞，從開始的講理到最後的發飆，傅時秋捧腹大笑，幾乎笑到桌子底下去，他倚在八仙桌旁樂得直揩眼淚，「救命吧，這才裝了幾天，就原形畢露了，聶清遠還眼巴巴的等著她去主動退婚哪，不行，我得趕緊進宮去加注，狠賺袁祉玄一筆！」

樂子連忙擺手，「公子，太子名諱……」

傅時秋笑著點點頭，「知道了知道了。」一張出色的俊顏上，卻沒有絲毫在意的神色。

「公子，這是剛配好的回春丸。」樂子雖忙著看熱鬧，自己的正事卻也沒忘，將一個精緻小盒放到了桌上。

傅時秋挑開盒蓋，頓時一股甜香溢了出來，他從盒中拈起兩顆小指頭大小的白色小丸扔進口中，看得樂子臉色一苦。

「公子，盒裡正好五十丸，現在可是不夠數了。」

傅時秋笑道：「那有什麼，讓顧家再送一盒進宮便是了。」

說到這裡，他身邊那兩個千嬌百媚的姑娘都靠了過來，這個說「這就是傳說中的回春丸呀」，那個說「這可是保顏佳品呀」，傅時秋就抓了兩把，樂子擠眉弄眼的他也當沒看見，隨手就給她們分了。

而後又對樂子道：「你這就去顧家與顧長德說，公子我在宮中舊疾復發，請顧六小姐入宮醫治！」

第十九章

【一波接一波】

再說顧晚晴，她大使了一通脾氣進了拾草堂，堂中那些收藥掌櫃都自覺的起身讓位，剛剛他們在堂中留守沒看到現場，但是有那好事的不停回報，所以他們也明白外邊發生了什麼，這種情況下，自然都是自保為上，自己和這六小姐又沒什麼過節，犯不著為了起鬨把自己搭進去，看那幾個替顧三兒擺陣動手的，不就是把自己裝進去了嗎？其實他們與六小姐有什麼恩怨？到時候算起帳來，顧三兒還能說是給自己出氣，他們呢？何苦來哉！

顧晚晴進了堂中也不說話，當即有小廝搬過椅子，顧晚晴一指大廳中間，那小廝便把椅子朝那擺了。其他人一看，更是躲得遠遠的，這架式，顯然帳還沒算完呢。

跟著顧晚晴進來的葉氏三口見了這情景面色各異，還腫著臉的葉昭陽十分興奮，站到顧晚晴身邊表示與她同一陣線。葉明常沉默不語，緊皺的眉頭顯示出他內心的糾結。葉顧氏則憂心不已，時不時遞過來一句「這樣就行了吧」，或者是「冤家宜解不宜結」這類的言語，但都被顧晚晴無視了。

顧晚晴是緊張的。她沒想到自己真的會動手，剛剛也的確是衝突占了絕大多數原因。但動手的那一刻，她真的感覺到了一種舒爽之氣自腳底升到頭頂，連日來的委屈憋悶一掃而空，直到收手之時仍有未盡之意！她算是明白了以前的顧還珠為什麼獨獨鍾愛這種講理方式，有些時候……真的，鞭子比道理好用多了。

不過發洩了一通後，緊張又重新找上門來，與之前的強自鎮定不同，這次她在緊張中察覺到了一絲興奮，或許，她也有做蠻橫暴力女的潛質。

顧晚晴叫顧敏德進來自然是還有話說的，可顧敏德遲遲未來，顧晚晴也不著急，陰惻惻的一掃周圍，立時有人又搬了幾個椅子過來給葉家人坐，而後又有香茗奉上，服務十分的周到。

顧晚晴擺了一坐到底的架式，拾草堂的工作自然就停頓下來了。那幾個掌櫃私下裡以眼神一合計，當即便有人出去找顧敏德商量。

顧敏德將疏散人群的任務發布下去後，思考良久，最終還是進來了。

他根本沒必要害怕一個被趕出顧府的小丫頭，是，她是六小姐，但那能怎麼樣？自己也沒說對她不敬吧？就連剛剛他說的也是「請六小姐進去」，而不是「抓」或者「綁」，更沒說不處置那幾個傷人者，一切都是這位六小姐在咄咄逼人，相較之下，他可是受了傷的，是實實在在的受害者，更何況……

顧敏德想到現今家主顧長德交代給自己的話，越想越有底氣，這丫頭，現在也就能糊弄糊弄下頭的人吧。

顧敏德來到拾草堂大廳的時候，已然洗去臉上塵土，重新紮好髮髻，精神熠熠之中又稍稍帶著點怒氣，態度拿捏得十分到位。

「還珠。」顧敏德沉著臉先聲奪人，「妳今日一鬧，耽誤了拾草堂的許多運作，我是勢必要呈報家主的。」

顧晚晴卻根本不理他的官腔，食中二指夾著一張紙伸了出來，「顧敏德，你解釋一下，這張契書是怎麼回事？」

顧敏德無須細看，只看那紙上書寫的制式就知道這是與藥農簽訂的基本供給契約，對此他早有對策，故作不解的道：「但凡在拾草堂領差事的，都得簽一份這樣的供給契，以防有些人占著顧家的土地不為顧家做事，這是極為平常的事。」

「就沒有例外？」

「斷無例外之理！」

顧晚晴聽罷此言把手一收，「那好！你現在就將千雲山之前的契書拿出，我只等你半個時辰，在場的掌櫃們都是見證，半個時辰內你拿不出契書，休怪我拆了拾草堂！」

為了避免拾草堂中有人以權謀私，所以與各地藥農的契書上都須有長老團的印章與簽名方可生效，不過長老團只負責監管已有契約，起草契約卻是不負責的，屆時一式三份，分別存於長老團、拾草堂與藥農手中，想要作假，卻是難上加難。顧晚晴手中這份同樣有著長老團的印信簽名，長老團與拾草堂中也留有底根。

顧敏德當即火了，「拆了這裡？顧還珠，小心妳的言辭！」

之前的契書他自然是拿不出來的，就算拿出來，也絕沒有年交一千斤草藥的字樣。千雲山是一片荒山，派到那裡去的人都是吃救濟金的，只因不願放棄這塊地方，這才年年都派人去試試，可所簽契約卻是沒有規定上交多少草藥的，葉家這是頭一份。

見他轉移重點，顧晚晴哼笑一聲站起身來，「顧敏德，我進來說這件事，已是在給你面子了，我所說的時間從現在開始，不要逼急我，否則後果絕非你能想像！」

顧敏德看著她，真想讓人把她拿下，狠抽兩個大耳刮子，看她還神氣什麼！可又一想，現在鬧翻了除了能洩一時之氣外，對自己沒有任何好處，傳到家主耳中，可能反而怪自己不會辦事，畢竟家主當時吩咐的是找個閒散偏遠的地方困住她，不讓她有機會接觸到草藥或者醫學，至於年交一千斤草藥什麼的，卻是他從家主的態度中識言辨意下的有意刁難。這種並非明示的東西一旦說穿，後果只能是他自己擔著，卻是不能賴到上面分毫的。

「好，妳等著，我這就去取契書！」顧敏德對此自有應對之道，半個時辰？妳就等去吧，豁出去今天停止運作，他就不信，她顧還珠還當真敢拆了拾草堂不成！話說回來，如果她真的動了拾草堂的一磚一瓦，那倒有熱鬧瞧了，別說她只是一個失了勢的六小姐，就算她是六祖奶奶，也擔不起這個責任！

顧晚晴多少能猜到一點顧敏德的想法，又見他答應得這麼爽快，又哪裡不明白？可要說抽抽顧敏德她敢，拆了拾草堂……這事還真得斟酌斟酌。

半個時辰很快就過去了，顧敏德自然沒有出現，顧晚晴坐得有點腰痠，站起來活動了一下筋骨。

她這一起來，把旁邊陪著的掌櫃們都嚇了一跳，以為她要開始了。葉顧氏慌忙拉住她，「別衝

動，咱們再好好說說……」

哪知顧晚晴真的只是鬆鬆筋骨而已，在大廳裡走了兩圈，卻也不見她怎麼樣，眾人提著的心這才漸漸放了下來。

那幾個掌櫃又用眼神交流了一下，商量著要不要勸她離開的時候，不知何時溜出去的葉昭陽從門外跑了進來，滿頭大汗的，情緒卻是極佳，進來便道：「姐，都準備好了！」說完又遞過來一條短小的鞭子給顧晚晴，「回來的時候買的，這個妳用著肯定順手！」

顧晚晴接過看了看，這應該是騎馬的時候用的，比趕車的大鞭子精緻多了，她把鞭子拿在手裡憑空甩了甩，果然順手多了，當即笑道：「那就走吧！」

第二十章

【緊急召回】

顧晚晴自然是要給自己想後路的，否則被顧敏德這麼晾著，她之前的那頓脾氣算是白發了，發脾氣也很費力氣的好不好？

所以在顧敏德離去後，她就將葉昭陽叫過身邊低聲交代，把自己僅有的那幾十兩銀票全拿給他，讓他雇幾個人回來。

顧晚晴現在再沒有那麼瞻前顧後的了，反正手也動了，狠話也撂了，她也是豁出去了。大不了就被打被罰唄，她是顧六小姐，還能殺了她嗎？無論是何種後果，總比她現在軟下來，再被人踩成一團爛泥強得多。

走出拾草堂，顧晚晴便見八個大漢站在那，葉昭陽跟在一旁，挺胸昂頭的氣勢極佳。顧晚晴對那些人的塊頭十分滿意，又問葉昭陽：「該打聽的都打聽到了嗎？」

葉昭陽笑著擠擠眼睛，「幸不辱命！」

顧晚晴很是無語，這小子，想報仇已經想瘋了……

「那就走吧。」顧晚晴將那小鞭子曲成幾折收在手裡，跟著葉昭陽便朝拾草堂另一端走去，身後跟著一群膘膀大漢，倒也有些浩蕩之勢。

後頭那群掌櫃們開始還有點沒看明白，不是要拆拾草堂嗎？怎麼往那邊去了……可沒一會，人人都看出了門道，一個個的不禁都變了臉色。

顧晚晴去的那邊，正是通往拾草堂後宅的必經之路！為了方便工作，拾草堂的管事們必須住在這裡，顧敏德一家自然也不例外！

怎麼辦？

「快去通知大管事！」總算有機靈的開口。

一群人立時忙了起來，有人去通知顧敏德，有人去疏散看熱鬧的，還有沒事也裝著很忙的，就是沒人去攔顧晚晴一行。

開什麼玩笑！之前這六小姐就一個人的時候都沒人敢攔，現在？沒看她身後那八大金剛嗎！

忙活的工夫，顧晚晴已帶人闖進了莊子大門，那幾個守門的都大概瞭解情況，也就沒怎麼抵抗。

可經過幾進院子，守二門的下人卻是不明就理，見這一群人來勢洶洶，愣了好一會才想起上前阻攔，顧晚晴也不跟他們客氣，直接讓人抓起來扔遠點了事。

葉昭陽找來的這幾個人都是在城外替人裝卸貨物的，最初他們聽說的是找人去打架，給的價錢相當不錯，當即就有幾個不怕惹事的跟葉昭陽回來了，到了地方一看，卻是無人不知的拾草堂，與這樣的大門戶為敵他們自然要掂量掂量，不過又聽說雇他們的是顧家六小姐，當即心就放下一半。

顧六小姐的威名在京城還是廣為人知的，好事攤不著她，囂張跋扈她是當仁不讓，並且從不吃虧，有了這個認知，加上相許的五十兩銀子，這幾個人一合計，沒有一個退縮的，都留下了。有兩個心裡還合計著這次要好好表現，興許就被六小姐看上了，收做打手什麼的，可比扛大包強多了。

他們還以為就算出了事也有顧六潑婦撐腰呢，根本不知道顧晚晴連日來的遭遇，要不然，早避得遠遠的了。

不過這樣也好，無知者無畏嘛，顧晚晴指使起他們來也省了許多力氣。

進了二門後又逮了個小丫鬟帶路，於是這一小撮惡勢力集團一路順暢的來到了顧敏德的家中。

這是獨門獨戶的一個院子，他們到的時候，院門大敞，一個穿飾華貴的中年婦人正站在院裡指揮丫鬟搬東西，看這樣子，似乎是在換一批擺件。

不錯，省事了。

顧晚晴站定了，也不理那婦人探究的目光，與身後的八大金剛道：「先砸東西，砸完了拆房子，要是有人礙手礙腳的，直接丟出去！」

那幾人一聽不用打人只是砸東西，當即齊齊應諾。

院中那婦人正是顧敏德的正室夫人李氏，平素在這莊子裡也是說一不二的，眼見苗頭不對，又哪能讓他們動手，當即厲聲與顧晚晴道：「妳是什麼人！敢到這來撒潑！」

顧晚晴根本不與她廢話，用鞭子點了點她，朝著離自己最近的一個壯漢道：「你看住她，別讓她跟著搗亂。」

那人應了一聲便朝顧李氏去了。

顧晚晴朝院中揚了揚下頜，即時，幾大金剛齊上，瓷瓶與玉罐齊飛，摔砸和驚叫聲共鳴，院裡頓時亂成一團！

顧晚晴在一旁看得直不忍心，她活了這麼多年，什麼時候這麼大手筆過？簡直太浪費了！

葉昭陽本也興致勃勃的要往前衝，讓顧晚晴一把揪住，把他交給了一直跟在後頭的葉氏夫婦。葉氏夫婦老實了一輩子，有人打架都不敢去看熱鬧，今天倒好，成壓陣的了，老兩口的腦袋是一陣陣的迷糊。

那邊顧敏德接到了消息，很快就帶人回來保護家園，可還是晚了一步，他進院的時候，院裡已經沒有下腳的地方了，盡是殘瓷碎片，又有一些散了架子的桌椅板凳，看清了這堆殘片，顧敏德的心啊，疼得直抽抽。他的黃花梨桌啊，他的白玉觀音啊，他的秘色古瓷啊……

「妳……妳……妳……」顧敏德捂著胸口氣到說不出話來。

顧晚晴倒是老神在在的，「顧大管事，我說過，你別逼我，不然，我什麼事都做得出來！」

顧敏德氣得渾身直哆嗦，「妳……我……我要上稟家主！我要讓大長老們來為我討回公道！」

「好啊！」顧晚晴一挑纖眉，「我還怕你忍氣吞聲呢！咱們這就回主宅去見二叔，讓他為你主持公道！」

顧晚晴還真不怕去見顧長德，那是她二叔，怎麼著也不會宰了她，她就怕顧敏德要私下解決，把她關小黑屋什麼的，那她是一點辦法都沒有的，所幸今日目擊者眾多，顧敏德不得不把事情公開處理。

顧敏德也豁出去了，在拾草堂被人把家砸了，今天這事若不有個說法，他這大管事算是沒顏面再做下去了。回主宅就回主宅，屆時家主與長老齊聚在場，就算再念親情，又豈會不秉公處置？何況顧還珠人品向來不佳，要不然也不會有今天的事，而二老爺顧長德也曾隱諱的與他說過，顧還珠醫術已失，再不可能成為天醫，已是顧家的一顆棄子，到時候，又有幾個會為她說話！

「來人！」他抖著手指頭指向顧晚晴，「把這個小潑婦給我捆上！」

他身後的那些家丁夥計相互看了看，好半天都沒動手。

顧敏德一巴掌就搧到了一個夥計臉上，「看什麼看！還不動手！」

看著他身後幾十個拿著鐵鍬棍棒的家丁夥計，顧晚晴也覺得自己差不多該繳械投降了，這畢竟是人家的地盤，她能撒氣到這種程度，運氣已是很好了。現在唯一要考慮的是馬上投降還是讓這幾大金剛再頑抗一會，仔細想了想，還是前者吧，人家鼓起勇氣來賺這個錢也不容易……

正想到這，一個夥計急匆匆的趕到顧敏德身邊低聲說了幾句話，顧敏德的臉色猛地一變，「你再說一遍！」

他顯然是不相信這個消息的，也不願相信，家主傳話來說，不得動顧還珠一個指頭，並馬上護送她返回主宅。

真該死啊！顧還珠在這的消息怎麼這麼快就傳回去了？

不，關鍵是家主的態度，「不得動手」、「馬上護送」，這樣的字眼，似乎無時不在顯示出一個資訊……這六小姐，難道仍受重視？

第二十一章

【鬧劇落幕】

沒道理啊！

顧敏德想著想著，汗就流了下來，是不是他誤會了什麼？如果是，他今天這麻煩就惹大了。

揮揮手讓一眾家丁退出院子，顧敏德掙扎良久，終是道：「都是一家人，何必鬧得這麼難看？」

嗯？顧晚晴錯愕了，實在跟不上他這跳躍性思維，難道有什麼神奇的事情發生了？

「不過有些事是勢必要解決的，妳這就與我回去面見家主，今日之事全由家主做主！」

仍是要回去，可這態度卻是天壤之別了，以顧晚晴逐漸成長的智商來看，這老傢伙，似乎是在服軟。

雖然不知道為什麼，但俗話說得好啊，有便宜不占王八蛋！

顧晚晴當即蹬鼻子上臉，「我所求的是什麼，相信大管事很清楚。我可以跟你去，但今日之事必要先做一個了斷！」

顧敏德恨得直咬牙，顧晚晴不說他也要出氣呢！

他轉身就出去了，沒多大工夫臉色鐵青的回來，身後跟著的夥計手裡拖著幾個人，都是面色蒼白虛弱至極，正是打了葉明常與葉昭陽的那幾個。

那三人此時已經連話都說不出來了，一人挨了十板子，不是那麼好受的。

顧敏德指著那三人道：「他們仗勢欺人恃權逞凶，一同帶回主宅，聽候家主發落！」

現在這幾個人都後悔死了，何必為了一時起鬨就跟顧三兒瞎摻和呢？現在倒好，大管事臨時變節，他們被打了不說，說不定還要丟了差事……想到這裡，他們又不禁恨起顧三兒，簡直是沒事找抽！

「那顧三兒，教下不嚴，又慫恿他人動手，一會領完了罰也跟我們一塊過去。」

顧晚晴這才瞭解，原來顧三兒還被打著呢……

一場鬧劇由顧敏德「顧全大局」而草草落幕，他又以照顧族人為名，悄悄收回了與葉明常簽訂的那張契書，並暗地詢問要不要另換個土肥水美的好地方。

葉明常不知是被「好地方」糊弄夠了，還是被今天這陣仗嚇壞了不敢提要求，抑或是覺得千雲山十分具有挑戰性，總之是謝絕了顧敏德的關照，讓葉顧氏陪著顧晚晴，自己則帶著葉昭陽趕著小馬車又返回千雲山去了。

顧晚晴坐在顧敏德安排的寬敞馬車上，不住的回想剛剛發生的一切，包括講理啊、不講理啊，統統都想了一遍。想完了，自己還跟做夢一樣，那是她嗎？是她嗎？絕對不是，她哪有那麼大膽子又打又摔的？她肯定是被顧還珠上了身了！

說白了，剛剛火氣上頭氣極動手，憑的都是一股衝動，現在漸漸冷靜下來，她才有點後怕了。與她同車而行的葉顧氏張了幾次嘴，話也沒說出來。葉顧氏倒是聽過許多關於顧晚晴的傳言，可見著這是頭一回，有點嚇著了。

兩人各懷心事，直到馬車停下，才緩回神來。

顧晚晴與葉顧氏下了車，上次送顧晚晴進後宅的那婆子早候在門口，見了她便迎上來，滿面的笑容，心中暗喜自己上次做對了，沒得罪六小姐，否則以這位小姐的脾氣，復又得勢豈不得加倍報復回來？

顧晚晴與葉顧氏進了顧府，顧敏德卻被攔下了，那婆子道：「二老爺吩咐，今日另有要事，改日再見顧大管事。」

愁悵啊……直到此時，顧敏德才有點相信六小姐這條鹹魚，才晾了沒幾天，就要翻身了。

顧晚晴也才明白顧敏德的態度為什麼轉變得那麼快，原來是家主大人急召，會有什麼事呢？跟著那婆子過了一進院，另有丫鬟對過來接應，卻不坐轎子，直朝府中待客的花廳去了，顧晚晴琢磨著這是有什麼事呢？還特地叫她回來？想了一路也沒什麼結果，不過回來時那種後怕總算是消散了。她本也不是那種心思重的人，開解了自己幾句，也就過去了。

到了花廳之前，領路的丫鬟便住了腳，花廳內又有丫鬟來迎，正是顧懷德身邊的丫鬟。

那丫鬟客氣的叫人領了葉顧氏去偏廳候坐，自己則帶顧晚晴進了花廳。

花廳內，除了顧懷德坐於正中外，顧長德也在場，陪在最末的是顧明珠與一個穿著素色袍服的少年。

那是長老的服飾啊。顧晚晴忍不住多看了那少年幾眼，見他與自己年紀相仿，面容清麗雋秀，看著十分舒服，只是神情有些木然，漆黑的眼中不見絲毫波瀾，顧晚晴進來他眼睛都不眨一下，似乎外界的一切都與他無關似的。

長老團中居然還有這麼年輕的人嗎？顧晚晴只知道歷任的天醫在四十歲卸任後都會加入長老團

專心研究醫術，另外便是族中極為出色的人才才能擔任長老，有的精於醫理，有的善識藥性，有的針技出眾……不管是哪樣，總會有自己專精的特長，而顧晚晴所見過的幾位長老，最年輕的也有五十來歲，今天這個……怕不只有十六、七歲吧？

見顧晚晴的目光一直徘徊在那少年身上，顧懷德輕咳了一聲喚回她的注意，待她看過去，沉聲道：「還珠，今日叫妳回來，是有要緊的事情。」他伸手示意顧晚晴坐下，又繼續道：「傅時秋傅公子在宮中舊疾復發，他的痼疾以前都是由妳經手的，這回還想讓妳去醫治……」

顧晚晴「啊」的一聲，「二叔，你不是不知道我……」

「我與來人說了，」顧懷德抬手止住她的發言，「可傅公子堅持要妳去，否則便拒絕醫治。傅公子身分特殊，若是出了差錯，顧家承擔不起，是而叫妳回來，妳便入宮一趟，我與明珠也會陪妳一起入宮……」說著他轉向那個穿著長老服飾的少年，「長生，你也跟去。」

顧晚晴看了看那個叫「長生」的少年，見他仍是那副面無表情的模樣，聽見吩咐也只是淡淡的應了一聲：「是。」

是「生」字輩的啊……顧晚晴對他更好奇了。顧家她這一輩女孩兒排「珠」字輩，男孩兒排

「生」字輩，這個顧長生，與她是同輩，竟能加入長老團，醫術定然是超絕的。

這時顧懷德站起身來，又看了看顧晚晴身上的衣服，皺了皺眉，「還珠，去好好梳洗一下。」

顧晚晴犯難了，她的衣服都在顧三胡同存著呢。

顧明珠起身道：「我與六妹妹身量相仿，剛好前幾日製了新衣尚未上身，不如六妹妹將就一下？」

顧晚晴面對顧明珠的時候還是覺得不自在，但是已經比上回好多了，對於她的提議自然答應，當即隨顧明珠去偏廳梳洗。

在等丫鬟去取衣服的時候，顧晚晴權衡了一下心中的彆扭與好奇，最終還是決定向好奇低頭，問顧明珠道：「那個顧長生……」

她有意只問了一半，希望顧明珠能順著她的話往下說，以免她問錯話引人懷疑。

豈料顧明珠直直的瞅著她，一點也沒有要善解人意的意思。

顧晚晴只能乾笑了下，「我看他挺眼熟的……」從剛剛顧長生的反應來看，他們就算認識也應該不太熟悉，所以這麼問，就算錯也不會錯得太多吧？

顧明珠淺淺的笑了下，「六妹妹大概只與他見過一次，沒想到經過幾年仍然記得他。」
顧晚晴訕笑，「記得也不是很清楚……」這種感覺真囧。
「他……」顧明珠稍稍斟酌了下，「他便是大伯母的養子，因為修習過梅花神針不得外放，所以妳回來後，老太太就做主讓他進了長老閣。」
原來……顧晚晴不由自主的又想起顧長生的木然神情，原來他就是狸貓換太子中的那隻狸貓，太子回來了，狸貓的心情……一定很難過吧！

第二十二章

【仇家排排坐】

為顧長生感慨了一會，丫鬟也將衣服取來了，顧晚晴便梳洗換衣。

顧明珠的服飾多以清雅秀緻為主，不像顧還珠，衣服上總要綴些珍珠寶石，要不就是繁複的刺繡紋案，衣如其人，總是顯得那麼熱鬧。大家也都習慣了她的熱鬧，所以當她穿著式樣清爽簡單的衣裙出現時，大家都有點不太適應。

顧明珠為顧晚晴取來的是一套素底平素紋羅衫，下配牙白點藍的小提花折裙，外頭搭了一件天藍色半臂（註），素雅莊重，同時拿來的還有幾件配套的首飾，也盡是以簡約式樣為主，不過質地不俗，既不乏貴重，又顧全了孝期避諱。

出門乘車的時候，顧長德還往顧晚晴這邊看了好幾次，最後默默下了結論，果然是人要衣裝啊，潑婦也能變淑女。

顧晚晴是與顧明珠同乘。顧明珠的話不多，但顧晚晴問什麼，她大多會回答，比如有關於顧長生的資訊，顧晚晴就得知了許多。

不過顧晚晴現在最想知道的還是傅時秋的事情，顧長德說過，他的身分特殊，並且稱他為「公子」，並未加之官銜，顧晚晴就對這個「特殊」很是感興趣。只是她不敢問，似乎地球人都知道她原來和傅時秋關係不錯，現在再打探他的來路，顯得太可疑了。而顧明珠那清澈得彷彿洞察一切的目光也讓顧晚晴退縮……

那目光，有女主角的精髓在裡面。

乘著馬車約莫走了小半個時辰，車外街市喧鬧漸減，馬車的速度也慢了下來。顧晚晴很想探出頭去看看這個朝代的皇宮是什麼樣子，是像電視裡演的大明宮那樣？還是像紫禁城那樣？不過這個願望在顧明珠的安穩恬靜前還是打消了。

還是低調吧，雖然身為女配角，但是絕不能無腦惹事壞規矩，顧晚晴誓要成為一個不落俗套、不走尋常路的女配角！

下決心的同時，馬車停了下來，然後又走。

這樣走走停停的一會兒，顧晚晴隱約聽到攔行檢查的聲音，因為顧長德的馬車在前，一切事情自然都由他來處理。

又過了沒多久，顧晚晴乘坐的馬車車簾被人由外撩起，一個身著護軍服飾的青年朝車裡掃了一眼，目光在顧晚晴面上稍停，對顧明珠卻只是匆匆一瞥，而後便放下車簾，馬車也隨之慢慢穩穩的動了起來。

這就進了宮了吧？顧晚晴盯著輕晃的車簾暢想簾外的世界。

顧明珠忽然低聲道：「六妹妹，今日入宮只是為傅公子看診，有關旁事，最好先不要提起。」

旁事……顧晚晴很想假裝沒聽見，因為她的確抱了進宮找機會見皇上退婚的想法，就算一時半會退不掉，先闡明自己的觀點也是好的。但顯然，有人不希望她這麼做，只是她不認為這個人是顧明珠，是顧長德的可能性更大一點。

顧晚晴差一點就想問顧明珠和聶清遠究竟是怎麼回事，到底是兩情相悅還是父母做主，如果是後者那倒還好，如果是前者，顧晚晴會覺得顧還珠做了小三……那小三絕對是「顧還珠」，不是她「顧晚晴」！

不過想了想，顧晚晴還是放棄了這一想法，別多事了，不管是哪種，都和她沒關係，她的主要任務是退婚，退婚！

顧晚晴不想在這件事上過多糾結，便含含糊糊的應下顧明珠的話。

馬車又走了一陣後緩緩停下，聽外面的動靜，顧長德已經下車了。

顧晚晴估計這是到了，便也想下車，但見顧明珠坐得安穩，她也跟著等了一會，這才見車簾由人從外掀起，是跟著他們一起入宮坐在後車的兩個丫鬟。她們一個打簾，另一個搬了腳凳放在車旁。顧明珠這時才輕輕欠起身子，由那打簾的丫鬟扶了，踩著凳子下了車。

顧晚晴汗顏啊！這兩天她坐車都是跳上跳下的，還好都是與葉氏一家在一起，要不然，可是要丟臉了。

有了顧明珠珠玉在前，顧晚晴有樣學樣，動作那個輕柔，姿態那個舒緩，下了車便低頭頷首的站至顧明珠身側，直盯著地上青磚，絲毫沒有毛躁之相。

想來顧還珠雖然跋扈，但儀態還是有的，所以顧長德等人並未表現出有多麼訝異。倒是顧長生，瞥了顧晚晴一眼，神情依舊漠然。

一行四人跟著來接應的太監進了一扇小門，經過一個精緻的花園後轉到迴廊之上，穿過兩道月亮門，到了一座宮殿之前。

所謂宮殿，都是顧晚晴腦補的，她這一路盡低頭看自己腳尖了，眼皮都沒抬一下，反正要做就做到最好，左顧右盼什麼的她倒是不怕丟臉，就怕發生意外事件，以她目前的情況來看，意外自然是越少越好的！

跟在顧明珠的身後，顧晚晴進了這座不知道長什麼模樣的宮殿，入眼只見一片平整光潔的黃褐色磚石，它們並不像普通磚石那樣表面微糙，反而平滑光澤油潤如鏡，顧晚晴走在上頭，都能隱隱見到自己的倒影。

難道這就是傳說中的「金磚」？

顧晚晴從網上見到過類似的磚石圖片，也去故宮參觀過，故宮中重要的宮殿裡全以這種百般鍛造堅韌無比的「金磚」鋪地，不過因為要保護古蹟，所以遊客只能在各大宮殿之外拍照留念，無緣與金磚做親密接觸，沒想到換了一個時空，她倒一償所願了。

不多時，他們已穿過那座前殿到了殿後，又經過了幾道迴廊，在一間花廳之前，一行人終於停下了腳步。顧晚晴只見聽領他們進來的太監細聲細氣的要他們稍候，這才鬆了口氣。

總算是到了，總保持著謹慎謙躬的姿態，她的脖子都要僵直了。

那太監進花廳去報信不久便出來傳眾人進去，一眾人在門口處便拜倒在地，齊聲道：「參見太子殿下。」

當然，顧晚晴只是乾張嘴，沒出聲——她根本不知道自己到的是哪！

「都起來吧。」一道令人舒服的溫和聲音在廳中響起，「顧先生辛苦了。」

顧長德連忙謙讓，並提出要去探看傅時秋。

太子的聲音彷彿透著笑意，「顧先生有心了，不過時秋的性子向來固執，他想讓顧六小姐為他診治，顧先生此次同行卻是怕白來了。」

顧長德又忙著把顧晚晴的情況說了一遍，太子安靜了一會，一個女人的聲音突然響起：「顧小姐是天醫人選，素來醫術超絕，怎會突然忘了一切？莫不是顧小姐不屑給時秋醫治，所以故弄玄虛不成？」

顧晚晴這才知道廳裡另有他人，不過聽這聲音，恐怕是來者不善。

顧長德立時叩首急道：「玉貴妃娘娘明察，還珠因祖母去世深受打擊悲痛過度，一度神識不清，醒來後便忘記一切，不止醫術，她甚至對一些事情的記憶都很模糊，故而已非天醫之選，更不敢貿然為傅公子診治，望太子殿下、玉貴妃娘娘明鑒！」

玉貴妃？這稱號很耳熟啊！不過貴妃在後宮中已是不低的品階，不知她與傅時秋又是什麼關係，傅時秋病了，她還特地趕來探望。

正想著，顧晚晴便聽那玉貴妃道：「顧還珠，妳抬起頭來。」

顧晚晴馬上抬頭去看，卻對上一個溫潤男子，那男子二十出頭的模樣，頭戴金冠身著錦服，他的眼睛黑亮如星，面上含著淺淺的笑容，笑意溫暖，讓人不由便有好感。

這個想來就是太子殿下，顧晚晴的目光不敢在他身上久留，很快便移到了他右側居於陪席的那個女子身上。

那女子看起來只有三十來歲，容貌極為豔麗，顧還珠也是明麗型的女孩兒，但跟她一比，便覺顏色淡了許多，必然就是那位玉貴妃了。

顧晚晴看清了玉貴妃的容貌，心裡不由一緊，這真是不見不知道，一見嚇一跳！這位玉貴妃，不正是上了她的當，以童子尿為藥的那位嗎！顧晚晴冷汗嘩嘩的啊，只能期盼這位貴妃娘娘不知道童子尿那事是她有意刁難才好。

玉貴妃打量了顧晚晴一陣，輕輕哼了一聲，紅唇輕啟：「我瞧著顧小姐倒是好好的，臉上也不見什麼悲戚之色，說什麼悲痛過度失去醫術更是聞所未聞……」說著她美眸輕轉，「于太醫，不如你先給顧小姐瞧瞧，她這是什麼毛病！」

顧晚晴瞥了旁邊一眼，見一個身著官服的中年男子立於一側。

那男子看了顧晚晴一眼，那眼神，也不知是厭惡還是不屑，總之是側過身子躬身道：「回貴妃娘娘，下官才疏學淺，並未聽聞過顧小姐這樣的病例。」說罷又朝顧晚晴沒什麼誠意的拱了拱手，「年前承蒙顧小姐費心指點，至今於某仍在領悟之中，倒是要多謝顧小姐了。」

顧晚晴仔細搜索了自己的記憶，並沒有這位于太醫的身影，也就不知道自己曾「指點」過他什麼，唯一能肯定的是，因為那次「指點」，他們結仇了……

玉貴妃輕笑道：「雖然顧家以醫術見聞天下，但本宮認為于太醫也不是見識淺薄之輩，顧長德，你說呢？」

顧長德的鬢間隱見汗珠，低頭道：「于太醫師出嶺南名門，從醫數十年屢有奇思妙方傳出，見識自然深廣。」

玉貴妃冷哼，「既然如此，連于太醫都沒聽過的事，豈可只憑你們一言定之？我看這顧還珠傲慢成性，定是另有打算才聲稱自己醫術已失，說不定，連顧先生也被矇騙過去了。」

他們的對話句句不離顧晚晴，卻又沒有一句是直接問她的。顧晚晴聽著直著急，看來這玉貴妃是很清楚自己吃了虧，今天要一起找補回來了。

這種情況之下，就算她指天誓地說自己沒有醫術又有什麼用？只能希望顧長德能為她扛過這一關了。

顧長德卻是十分糾結。

說實在的，他一直覺得顧還珠的醫術失去的蹊蹺，品行也與往常大為不同，如果不是顧還珠由始至終都未離開過顧家一步，他幾乎要懷疑現在這個是不是冒牌貨了。

再仔細想想，顧還珠向來任性，倒是極有可能因為各種莫名的原因而故意隱瞞醫術，如若不然，那個已經瀕死的孩子突然大為好轉又是為什麼？他曾叫來那日接引的婆子仔細問詢，確認那個孩子沒有接觸過旁人，唯一有肢體接觸的除了那孩子的母親便是她！

不過，顧長德卻實在想不出顧還珠為什麼要這麼做，尤其後期對老太太的病置之不理，更是一

件匪夷所思的事。應該沒有人比顧還珠更清楚，老太太對於她來說意味著什麼，老太太這一去，她受到的損失才是最大的！

基於這種種的疑惑，加上坊間傳聞顧還珠曾於街頭誓言要取得天醫之位，顧長德才生起了將她隔離的念頭，命顧敏德給葉家分配一個偏遠荒涼之地，卻又不可離京城太遠，以方便掌控。

顧長德的心情很複雜，他一方面痛惜顧家損失人才，一方面又絕不想顧還珠再次重掌高位，給顧家帶來種種的麻煩。

「這……」顧長德小心措辭，「草民曾多方試驗，還珠現在的確對醫術一竅不通。」

「她就不能一而再、再而三的騙你嗎？」玉貴妃不依不撓的，又抬頭看向太子另一側，輕笑道：「聶少詹事，你與顧小姐是未婚夫妻，想來對她瞭解頗深，你幫本宮斷斷，顧小姐這失憶之事，是真是假？」

顧晚晴因為不敢到處亂看，轉向玉貴妃這邊後頭就沒移動過，此時聽了這話，眼睛不由自主的便朝太子另一側瞄去。

真的要死了，在另一側遠遠而立冷眼相看的不是聶清遠還有誰！

顧晚晴囧極了，今天到底是什麼日子啊？上午發飆下午受困，一個個仇人分列眼前，還有一個居心不良的傅時秋，明知道她醫術盡失還來了個什麼「指定」！她這命啊！她送給自己一句話啊！苦逼的女配角你傷不起啊傷不起！

註：

半臂，是一種短袖的對襟上衣，沒有鈕袢，只在胸前用綴在衣襟上的帶子繫住。穿用半臂時，有的人把它罩在衫、裙的外面，有些半臂像是今日的短風衣一樣。

第二十三章

【光明正大的陷阱】

「回貴妃娘娘，」聶清遠眼皮都沒抬，一張清冷的容顏沒有絲毫波瀾，朝著玉貴妃微微欠身道：「顧還珠她尚記得家人朋友，只是忘記醫術，如此失憶之事實在匪夷所思，為臣亦不能認同。」

顧晚晴垂頭喪氣的耷拉著腦袋，誰說不是呢？她要不是當事人，她也不相信！

顧長德聞言更為心急，玉貴妃則露出一抹淺笑，然而聶清遠說完後略一停頓，又開口道：「不過顧還珠向來貪慕榮華，若說她有意欺瞞，卻是連天醫之位都欺瞞掉了，如此一來，顧還珠必因往日端行而受眾人報復，於她而言，實在沒有丁點好處。」

聽到這裡，顧晚晴一陣感激啊，這就是實情啊！為什麼大家都不相信呢？尤其這話出自聶清遠口中就更為難能可貴，他們可是有過節的！可他現在能為她說話，難不成對她已經有了改觀？

顧晚晴馬上抬頭往聶清遠那邊看，以圖能跟他來個眼神交會以示自己的感激之情，豈料聶清遠剛剛是什麼姿勢現在還是什麼姿勢，看來他只是極為客觀的分析這件事，跟改觀什麼……一毛錢關係也沒有……

玉貴妃在聽完了這些話後臉色便有些不愉，不過聶清遠的父親是深受皇上倚重的丞相，他自己又任著東宮的少詹事，不必猜測都知道他將來前途無量，玉貴妃自然不會對他表示出太多的不滿，輕輕哼笑了一聲，「聶少詹事對未婚妻果然是瞭解的。」

顧晚晴看得分明，聶清遠在聽到「未婚妻」三字時神情明顯沉了一下，心中不由暗暗嘆氣，看來退婚之事要儘快了。

雖然有顧長德極力為證，又有聶清遠客觀分析，但玉貴妃心中顯然早有主意，端坐在上慢悠悠的道：「你們先起來吧。」

待眾人起身後，她才與顧晚晴道：「時秋的舊疾向來是由妳診治的，妳說妳沒了醫術，但其他事總還記得吧？妳這就與于太醫一起探討一下時秋的病症，看看到底是施針效果好些，還是用藥效果好些。」

顧晚晴連連向顧長德使眼色，眼睛都快抽了，不過顧長德好像誤會了她的意思，猶豫了一下開口道：「還珠，你便與于大人說說吧。」

顧晚晴頓時頭大如斗。

該怎麼說呢？再說忘了？她會不會被打？

於是一屋子人眼巴巴的等著她說話。顧晚晴冒著冷汗低頭不語。

玉貴妃臉色一冷，「顧還珠！妳為時秋看診兩年有餘，不要告訴我妳將這兩年間的事情都忘了！」

顧晚晴還是不吱聲，她是無言以對，單純閒扯她還能接接招，探討醫術嘛……她連傅時秋的「舊疾」是什麼都不知道啊！

哎？不對！

顧晚晴猛然想起，他們不是入宮來給傅時秋治病嗎？還特地把她從城外接回來，著急忙慌的，怎麼進了宮這些人這麼悠閒？不以看病為先，還有空讓她探討病情？如果不是玉貴妃和傅時秋有仇想藉機整他，那麼就是有地方出了問題。

她一直奇怪呢，上一次見傅時秋的時候，她明明已經承認了自己醫術已失的事實，傅時秋就算不信，也不用拿自己做實驗吧？還「指定」她來看診，她呸啊！呸他一臉黑！

這分明就是個圈套！

想通了這點，顧晚晴氣得直咬牙，她沒得罪過傅時秋吧？怎麼就能勞他老人家費心竭力的想出這麼一條毒計來害她呢？對他又有什麼好處？

這時又聽那于太醫道：「想來顧小姐覺得于某醫術不佳，不屑與于某探討病情吧。」

他那有意為之又不屑至極的樣，顧晚晴真想衝過去告訴他：對，我就是不屑和你討論！再小鞭子一抽，多爽！

不過，她只能在心裡想想，這裡不是拾草堂，這裡上有太子、旁有奸妃，都是有權力「喀嚓」她的人，最不濟一通板子是打得的，所以萬不能衝動。

「于太醫……」

顧晚晴正想著該怎麼推辭才好，廳外突然傳進一聲笑語……

「人來了嗎？還是我來晚了？」

看著步進大廳的人，顧晚晴真是不知道自己是該歡喜還是該哀愁，這殺千刀的傅時秋，設了圈套也就罷了，居然還敢身體棒棒大模大樣的出現在她面前！看他走路帶風的架式，連一點想裝裝樣子的想法都沒有！

傅時秋今日穿了一套寶藍色的綢衣，髮綴明珠手持玉扇，那個騷包兒啊，見了顧晚晴一副沒好心思的笑，「還珠妹妹，妳來得真快。」

顧晚晴磨了磨牙，硬擠出一個笑臉，「原來你沒事，真是太好了。」能不好嗎？他來了，她就不用學術答辯了。

傅時秋卻是明顯一怔，不過他很快收起面上愕容，甚為簡單的與太子見了禮。太子顯然與他關係極佳，擺了擺手便讓他起來了。傅時秋又轉向玉貴妃，笑道：「孩兒給母妃請安。」

噗……

顧晚晴是真嗆到了，不過她能忍啊！新一代忍者神龜就是她！她硬是把那聲咳嗽又壓回嗓子眼裡。

母妃……這個看起來不過三十出頭的女人會是至少也有二十一、二歲的傅時秋的母妃？好吧，顧晚晴知道這句話繞嘴了點，但她還是忍不住連問了自己三遍，然後感嘆玉貴妃的生育機能發育得真早……

當然，這只是自娛自樂，不說年紀不對，只說玉貴妃的兒子怎會流落宮外又姓傅，就是很大的問題。柯南有句名言，真相只有一個，現在的真相嘛……無非「乾親」二字。

玉貴妃對她這個乾兒子顯然十分喜愛，一直不冷不熱的態度也消失了，笑容中多了幾分真誠，她略有埋怨的道：「來得快的是你，好好的一場戲，都被你給攪了。」

看看，身居高位就是不一樣，連耍人玩都能說得這麼光明正大。顧晚晴頓時覺得，顧還珠以前的某種行為還是輕了。

傅時秋笑而不語，盯著顧晚晴看，又不說話，看得顧晚晴直發毛。

玉貴妃又道：「趁著時秋在場，有關他的病情，于太醫，你便與顧小姐探討一下吧。」

顧晚晴滿頭黑線，原來這事還沒完啊……

正當這時，一旁的顧明珠行至廳中復又跪下，柔聲輕道：「太子殿下、貴妃娘娘明鑒，六妹妹雖已忘記許多事情，不過她以前曾與民女提到過傅公子的病情，民女對此也有些自己的觀點，民女斗膽，想向于太醫討教一二。」

顧還珠神態恭敬，話語間卻有種不卑不亢的味道，使得原本注意力都集中在顧晚晴身上的眾人將她重新打量了一番。

太子笑道：「妳就是顧明珠？顧氏明珠？」

他說的卻是顧明珠以前的事了，在顧還珠還沒大放異彩前，顧明珠的天資是顧家公認的良材。

顧明珠聞言連表謙遜，玉貴妃對醫術答辯則沒什麼興趣，目光仍在顧晚晴身上徘徊。

于太醫卻是昂了昂頭，「早聞顧家女子個個醫術超絕，年前于某曾受六小姐指點，今日，便由五小姐再指點一番吧！」

顧晚晴暗讚顧明珠夠義氣，悄悄鬆了口氣的同時，也為于太醫感慨了一下。這位太醫大人，顯然是擰著氣呢，看來之前顧還珠對他的「指點」，很不厚道啊……

顧明珠對此只是稍有謙虛，顯然是對自己的醫術極為自信，別說是真是假，只說她這種傲然的氣度，顧晚晴就已經覺得自己拍馬難及了。這大概就是有本事的和假裝有本事的區別吧……

顧明珠遵太子之言站起身來，朝于太醫道：「于大人不知想從哪方面探討？」

第二十四章

【不美麗的誤會】

其實顧晚晴還挺想聽聽他們有關醫學的探討，也算為自己即將開始的醫學之路做個預習，可就在她滿臉孺慕之情準備洗耳恭聽的時候，傅時秋朝她揮了揮扇子，「還珠妹妹既然醫術已失，想來是對這種枯燥的醫理探討沒興趣，不如出去走走？」

看他那嘻皮笑臉的樣，顧晚晴覺得他肯定沒安什麼好心眼。

這時玉貴妃起身道：「正好我也要回去，那便一道走吧。」

傅時秋自然答應，又看向太子，「太子殿下可有遊玩雅興？」

太子一擺手，輕笑著說：「我想聽聽『顧氏明珠』的精彩論點，你與顧六小姐同行便是。」

傅時秋也不勉強，最後又不怕死的問聶清遠要不要去，出乎顧晚晴意料的，他居然同意了。

一行人準備離開的時候，顧晚晴滿頭黑線，她根本沒答應好不好？

「我……」

她才說了一個字，傅時秋突然笑道：「這個時辰，不知太后她老人家會不會在御花園納涼，我還有禮物送她呢。」

顧晚晴當時心中一動，太后啊……如果能見到太后，說不定有機會提一提退婚的事。這麼一想，她到嘴邊的拒絕又嚥了回去，跟著傅時秋等人拜別了太子，一起離開東宮，往御花園而去。

這一路基本上都是傅時秋與玉貴妃在說話，顧晚晴落於二人之後欣賞風景，因為是遊覽，所以她也就不必像剛進宮時那樣謹慎。聶清遠則在顧晚晴之後，一言不發，如果不是事先知道他也來了，根本察覺不到他的存在。

大雍朝的皇宮十分的富麗堂皇，大處磅礡，小處雅致，顧晚晴雖參觀過故宮，也從電視網路上看盡了美侖美奐的宮廷建築，可站在大雍朝的皇宮裡，總覺得這裡比那些參觀過的和電視上的多了很多鮮活的氣息，似乎葉更綠了、花更豔了，周圍跟著不是群眾演員的太監宮女，時而還有戒備森嚴的御林軍出現，再看看走在前頭的兩人，他們身上那種養尊處優的氣息自然而然流露出來，根本無須費心演繹，那是來自生活中日積月累而成的優越感。

從東宮到御花園還是有段距離的，顧晚晴邊走邊看，心中雖然告誡自己不要行差踏錯，但總有一部分心神沉浸在四周的景致之中，她差一點有了一種錯覺，感覺自己是在跟團參觀古蹟，看這裡精緻，看那裡典雅，沒有相機留念，真是一件憾事。

顧晚晴是跟著傅時秋與玉貴妃的步伐前進的，因為心有旁騖，不覺腳下變慢，直到在一處小湖旁完全停下時，她才發現身邊多了個人，正是聶清遠。

聶清遠也說不清自己為什麼要跟來，而且他越走越覺得彆扭，想了一路，才明白問題出在前面的顧還珠身上。

這還是顧還珠嗎？安靜、悠然，經過之處雖多有顧盼，卻是帶著一種閒適的姿態，好像這裡根本不是皇宮，而是一座小山、一片園林，只在玉貴妃或傅時秋偶爾回顧之時，才多了些謹慎的態度。看著她，一點也沒有被人冷落的感覺，反而會覺得沒人理她，她倒樂在其中。

這一定不是顧還珠，若是她，早在于太醫為難之時便會發作了吧？再不濟，得知自己被緊急召入宮中只為傅時秋的一時興起，也該發作了吧？

傅時秋入宮前曾派人傳話過來，說顧還珠在拾草堂外大發神威，跋扈仍在，他是真信了的，他覺得那樣才是顧還珠，還曾偷偷替太子不值。因為太子與傅時秋打賭，太子覺得顧還珠突遭巨變，又主動提出退婚，這是心有悔過之意，如果時機妥當，他也會助之一臂之力說服皇上；傅時秋卻完全是相反的想法，他認為顧還珠根本不可能主動退婚，就連那日相遇時的伏低做小之相，也是裝出來的，指不定有什麼秘密在裡頭，為一探究竟，所以才有了今日的急召。

傅時秋無疑只是心血來潮，或者可以說是為了與太子打賭的巨額銀兩，因為就聶清遠所知，傅時秋與顧明珠並無實質的衝突與仇怨，相反，他們之間走得還很近，雖是藉以醫治舊疾為名，但仍是有不少流言傳出來，只是那時的顧還珠不在乎眾人議論，傅時秋嘛，聶清遠不知道有什麼才是他真正在乎的。

此時他站到顧還珠身邊，只是想問問退婚一事她是否真的下了決心，如果是，那麼兩方努力總比一方犯愁要好得多，雖然他對顧還珠的印象不好，但凡事仍得客觀看待，這樁婚事是皇上所賜，想要解除，哪有那麼容易？

顧晚晴想了半天，覺得自己與聶清遠之間的話題似乎只有那麼一個，於是不等他開口，訕訕的道：「退婚的事……只要能見到皇上或者太后，我一定盡力而為。」

看著身側少女嬌美明麗的容顏，聶清遠剛剛想好的問話突然消散無蹤，本來他已做好了與之針鋒相對的準備，可她突然善解人意起來了，害得他已到嘴邊的話就那麼沒了著落。

聶清遠忽然發現，顧還珠今日的衣著不像往日那般繁複，顏色也沒有以前那麼熱鬧，今天的打扮順眼了不少，清新、淡雅，好像以前那個驕揚跋扈的女孩兒跟她毫無關係一樣。

或許是這種強大的落差，讓聶清遠一時間有點無法接受，直到身邊的少女小心翼翼的問他「你說怎麼樣」的時候，他才緩過心神。

他剛剛的確是失神了，可多年的習慣讓他沒有表現出分毫，平穩的將目光移向別處，淡淡的道：「下午太陽毒辣，太后……通常不會在這個時辰出來納涼。」

顧晚晴一愣神的工夫，聶清遠已到玉貫妃面前告罪，然後轉身離去了。

顧晚晴想著他的話，再想到剛剛傅時秋臨出門前的言語，臉色不覺變得難看，這時有人站到了聶清遠剛剛的位置上，沉聲道：「其實妳不是顧還珠吧？」正是傅時秋。

傅時秋此時一斂平時的嬉笑神色，眼中帶著十二分的狐疑探究，那鮮有的正經神色，讓顧晚晴頭皮一陣陣的發麻。

「我不是，難道你是？」顧晚晴的心跳比平時加快了些，可也並沒怎麼慌亂，她現在就是顧還珠，這是千真萬確的事實。

傅時秋卻不回答，猛然抓住顧晚晴的手腕向上翻起便看她的掌心，卻只見一顆圓潤紅痣安安穩穩的躺在她白皙的掌心之中，雖然顏色暗淡，但紅痣存在是毋庸置疑的。

顧晚晴則徹底被他的舉動激怒了，她已經罵不還口了，還想怎麼樣！懷疑她？好啊！她也的確很可疑，但需要動手動腳的嗎？且不說這個年代還講男女之防，就算在現代，一個還算陌生的男人突然來這麼一下，妳會怎麼做？

反正顧晚晴是怒了，新仇舊恨齊齊湧上，一把將傅時秋推開，跟著掄起胳膊就想給他來個肉與肉的親密接觸，可是……意外，總是無處不在……

顧晚晴的手還沒拍到傅時秋臉上，傅時秋便因她的大力猛推向後倒去，在他身後，便是御花園中景致最佳的碧波湖，此時……碧波湖水碧波泛，一顆人頭水裡浮……

顧晚晴……說通俗點，真真的倒吸一口冷氣！

「救……」

她這聲「救人」還沒說完，玉貴妃身邊的宮女太監已經慌成一團大叫「救人」了，玉貴妃則是極為震怒，一邊喝令太監下去救人，一邊怒氣沖沖的朝顧晚晴而來！

顧晚晴早在玉貴妃靠近之前就溜了，沿著湖邊大喊救人，時不時回頭觀察玉貴妃的動向，她追多遠她就逃多遠，要說平時運動真的很重要，直到顧晚晴繞湖一周回到原點，玉貴妃還在湖對面喘氣歇腳呢。

顧晚晴也挺同情玉貴妃的，其實她大可以喊一句「拿下」什麼的，自然多得是人來抓自己。可顯然玉貴妃是氣糊塗了，忘了這個萬能指令，當然，也可以理解為玉貴妃很要強，為了當初那碗童子尿誓要將自己親手拿住！

經過這一番運動，太監們也將傅時秋救了上來，他渾身盡濕、人事不知的被一個太監背著，雙目緊閉口唇發紫，竟似瀕死之人一般！

這也太嚴重了吧？他幾乎是才掉下去就有人救他上來了，整個過程不超過一刻鐘，就算他不會游泳，他也會掙扎啊！這麼短的時間，怎麼就像要被淹死了似的？

看著傅時秋的樣子，顧晚晴很想說他是故意擺出這副死樣子，可她說服不了自己，手足無措的跟在那個太監身邊不知該怎麼做才好。又有幾個宮女趕來讓那太監將傅時秋放下，齊聲向顧晚晴急道：「顧姑娘，快給傅公子看看吧，他要是出了事，奴才們的命可都要不保了！」

這又是一群不明真相的。

顧晚晴連忙抓住傅時秋的一邊胳膊又將他拖起來，「我治不了！快去東宮找我二叔來！還有那個……太醫！太醫！」

顧晚晴又急又慌，一眾宮人都被她弄愣了，但禁不起顧晚晴催促，馬上太監忙不迭的又背起傅時秋。

顧晚晴也在旁邊幫忙，心裡唯一的想法是……你千萬不能死啊！

她的麻煩夠多了，不想再擔上一條人命，雖然這是意外，但是傅時秋的身體卻也出人意料的虛弱……

她腦中只有那一個念頭，突然便覺手心暖暖的熱了起來，接著一股沉重之氣湧入手臂，那種感覺……似乎有點熟悉。

顧晚晴心中奇怪，抬手來看的時候，那種感覺忽然又消失了，不過那股沉重的氣息依然留存在她手臂之中，又有緩緩上行之勢，不多時，她便感覺到微微的眩暈。

這種症狀，簡直跟她上回在顧府發生的一模一樣，同樣的頭暈目眩，同樣的沒有先兆，難道顧還珠的身體也不健康？

顧晚晴甩了甩頭，甩去腦中的雜念，這些以後再想吧，現在……

「發生了什麼事？」一道清朗的聲音傳來，卻是去而復返的聶清遠。

聶清遠是走遠了之後又見這裡有騷動這才回來，沒想到短短一陣的工夫，剛剛還活蹦亂跳的傅時秋就成了這副樣子。

聶清遠疾聲喝道：「他有先天心疾，不要隨便動他！快請太醫過來！」

顧晚晴一聽也是嚇了一跳，先天心疾，就是先天性心臟病吧？傅時秋的「舊疾」竟然是這個？難怪他的臉色總是那麼白，那麼他現在的樣子便不是因溺水而致，而是心臟病復發！顧晚晴也聽說過心臟病病人在發病時不能隨意移動，當即便又扶住傅時秋，讓那太監緩緩的將傅時秋放下。

可不知怎地，在顧晚晴的手重新扶上傅時秋的身體時，她手心又有了灼熱的感覺，身體的不適也有了嚴重之勢。

這時聶清遠已跑了過來，在傅時秋身上仔細摸索，沒一會便從他的貼身內袋中摸出一個玉質扁盒，打開來，裡面有幾顆藥丸，此時已浸了水，卻也顧不得那麼多了，撬開他的嘴便塞了進去。

他這一番運作，隔開了顧晚晴，顧晚晴明顯感覺到自己的手掌離開傅時秋時，手心的熱感驟然消失，而不適的情況也立時停止，不再增長了。

再看傅時秋，臉色已較剛剛好了很多，口唇的青紫已然消散不少，連呼吸都變得均勻起來。

顧晚晴突然有了一個極為荒謬的想法。

傅時秋的好轉……和剛剛才吃下的藥沒有關係吧？

藥效再快，也絕不會才入口便有效果，那麼……

顧晚晴簡直要為自己的想法發瘋了，有那麼一瞬間她真的覺得自己是瘋的，因為她竟然伸出手去，牢牢的握住了傅時秋的手掌。

你不要死……

顧晚晴記得，自己剛剛想的，就是這個。

兩手相握的一剎那，顧晚晴只覺得手心再度發熱，不同於剛剛的時輕時重，這次的熱度十分均勻，沉重的氣息源源不絕的自她手心貫入。

隨著那股氣息的入侵，她也覺得胸口越來越悶，頭疼讓她的視線漸漸模糊，可她卻眼見著傅時秋的臉色一點點的紅潤，痛苦的神情也緩緩舒展開來。

這是……成功了嗎？

現在不適的換成了顧晚晴，這次比上次在顧府時更加難過，肺上像是壓了一塊巨石，只能又急又淺的呼吸，那種氣不到底的感覺十分憋悶，胸口和頭都鈍鈍的發疼。

行了吧？她已經快到極限了。

顧晚晴在聶清遠驚疑的目光中無力的鬆開手，就在她要將手縮回的時候，傅時秋的手忽然抬起反握住她，傅時秋的眼睛也隨之睜開，見到身前的是顧晚晴，他的神情極為的不可思議，看了她蒼白的臉色半晌，才喃喃的道：「妳竟為我……擔心至此……」

第二十五章

【超人駕到】

傅時秋的聲音低緩輕弱，顧晚晴雖然離得很近，但因為身體的不適根本沒聽清楚，不過見他睜了眼還是十分高興，蒼白的臉頰也湧起一絲不同尋常的紅暈。

「太好了……」

連顧晚晴也說不清自己慶幸的是傅時秋的得救，還是剛剛發生的神奇一幕。

聽了這話的傅時秋卻是十分糾結。他的心疾已很久沒有犯過了，尤其在顧還珠定期為他看診之後，他明顯覺得自己的身體好了很多，連平時需要小心的體力運動都無須那麼謹慎了，所以他自己也有些放鬆，沒想到今天會因落水而突然發作，老實說，他真被嚇了一跳。

不過這是對他的懲罰吧？誰讓他拿自己的病做幌子呢？

想到這，傅時秋自己都有些意外，他在反省嗎？活了二十來年，他居然才知道自己還懂得「反省」二字。

想起剛剛意識模糊之時手上傳來的溫度與力道，傅時秋忍不住心中發熱，這麼多年了，他從不缺乏關懷，可沒有一次讓他有剛剛那種感覺。那種暖暖的熱度好似能透入心扉，病痛的不適在那股熱意的包裹下不斷消減，從未真正舒展過的心口徹底放鬆下來，簡直舒服到了極點。

那時他便在想，是誰在握著他的手？是誰給了他如此的溫暖？他想到了無數的人，可睜開眼後，錯愕無比。

竟……是她？

相較於傅時秋的驚訝與錯愕，一旁的聶清遠盯著他二人相握的手，眼中劃過一抹了然。

原來這就是她想退婚的真正原因。

不過，雖然退婚之事是聶清遠求之不得的，但這種理由還是讓他稍感彆扭。不著痕跡的，聶清遠放開扶著傅時秋的手，扭頭與旁邊宮人道：「去備乾衣炭盆，再去催催太醫。」

宮人們剛剛只是慌了神，現下見傅時秋有所好轉，便又恢復了秩序，當即便分出幾人各自行事。

聶清遠也藉機站起身來，「我去通知太子殿下。」

傅時秋躺在草地上，抬眼看了看他，並沒有出言反對。

待聶清遠走後，傅時秋才又將目光放至身側的顧晚晴身上，驚然見她不止面色蒼白，連口唇都有些青紫，不由急道：「妳怎麼了？」

顧晚晴相當難受，她一直在想上次她是如何排解掉體內不適的，似乎是……水！

顧晚晴掙開被傅時秋握著的手，想站起來走去湖邊，可她的體力正在迅速流失，一站之下不但沒站起來，反而蹲到草地上。顧晚晴以手撐地之時，便覺一股與剛剛暖熱完全相反的清涼之意從雙手手心迅速而出，她體內的不適則隨著這股清流的洩出而瞬間好轉，幾乎是眨眼的工夫，顧晚晴便覺得自己神清氣爽，活力盡復了。

這是……她並沒有碰到水，怎麼就好了？

顧晚晴盯著自己的手看了半天，忽地發現自己掌中的褪色紅痣居然比之前紅了一點，雖然不明顯，但的確是有了變化。

難道，剛剛那麼神奇的事情，都是與這兩顆紅痣有關？

想起顧家的祖訓，一定要手握紅痣之人繼承天醫之位，顧晚晴瞬間明白了許多。

什麼祖先指定，這是身負異能的憑證啊！顧家能歷經數朝屹立數百年而依然昌盛，就是因為顧家擁有一個逆天的作弊武器！而紅痣之說自顧家祖上傳下，也就是說這種異能不是偶然，至於為何規定天醫於四十歲時必須卸任，估計也是與這紅痣有關，有可能是這種異能隨著時間的推移會逐漸減弱，所以才有此規定！

如此說來，顧家，根本就是一個超人世家！

激動澎湃的心情使得顧晚晴暫時忘卻追究自己為何會突然好轉，她興奮得一把抓往離她最近的傅時秋急聲喜道：「太好了！」

真的好，她成了超人，就又能去做天醫；做天醫，天醫玉便也唾手可得，而她回歸故鄉的夢想，就在眼前了！

看著顧晚晴欣喜至極的樣子，傅時秋又是怔忡良久，心中實在萬分糾結。

為什麼會是她呢？傅時秋對顧晚晴的印象並不好，可，總是捨不得忘記剛剛那麼溫暖的感覺，讓他矛盾萬分。

而動作緩慢的玉貴妃終於跑到了終點，不及去問傅時秋的情況，便指著顧晚晴怒道：「妳意圖謀害皇裔又故意戲耍本宮！來人！將她拿下！」

很好，她終於想起這個無敵指令了。

傅時秋卻抬手止住了那些想要一擁而上的宮人，而後試探著撐起身子。最後，他竟慢慢的站了起來。

他此時的臉色倒比平常還好一點，臉上的笑容也格外燦爛，至於剛剛那些沉思怔忡之色，好像根本沒在他臉上出現過似的。他在宮人的摻扶下朝玉貴妃走近了兩步，才道：「剛剛的事實屬意外，累母妃擔憂了，母妃為時秋奔波勞累，一會面見皇上，時秋得為母妃請上一功才行。」

玉貴妃驚疑不定的看了傅時秋一眼，今天這場「踩珠大會」還是他策劃的，特地叫她來助陣，剛剛把顧晚晴帶出來也是有後招的，只不過後招還沒出他就中招了，中招之後……他就不太正常了。他居然在為顧還珠開脫？還不惜用請功來交換對她的追究？這個……很難理解啊！

只是傅時秋的請功還是十分難得的，玉貴妃沒怎麼掙扎就做好了選擇，反正來日方長，對付顧還珠，也不急在這一時。

被喜悅之情塞滿思緒的顧晚晴直到此時才反應過來，剛剛玉貴妃似乎提到了「皇裔」。

誰是皇裔？傅時秋？皇族不是姓袁嗎？

介於皇宮的詭異是外人很難理解的這一觀點，於是顧晚晴腦補了男版還珠格格事件……怪不得這小子這麼跩呢！

不過，他就算是玉皇大帝也跟她顧晚晴沒關係，她現在滿心滿眼全是天醫玉，她恨不能馬上去見顧長德，告訴他自己又能做天醫了。

直到這時，幾個氣喘吁吁的太醫才趕到現場，來了就見傅時秋好端端的站在那，除了衣服是濕得很狼狽外，一點病發的徵兆都沒有。

聶清遠那邊也及時通知了太子，太子連同聶清遠、顧長德等人與幾個太醫是前後腳到的，看了這情形，太子向聶清遠投去問詢的目光，不是說情況很差嗎……

聶清遠對傅時秋這麼快就能站起來也十分狐疑，那邊顧長德已上前將傅時秋請入涼亭，又有宮人捧來乾衣炭盆，用氈布將涼亭圍了，讓傅時秋換衣。待氈布炭盆撤下，傅時秋又是那副懶懶洋洋的調調，剛剛那口唇青紫、生死不知的樣子，真的和他聯繫不到半點。

顧長德一直坐在傅時秋對面為他診脈，只是就連顧晚晴都看出傅時秋已無大礙，顧長德的眉頭卻是越皺越緊。

顧長德很疑惑啊。傅時秋的病症他很清楚，心疾自先天而來，這麼多年都是靠著神醫良藥苦苦支撐，直到兩年前顧還珠接手醫治，這才不必日日用藥，看診時間也延長到了半個月甚至一個月，可心疾總歸是難以去除的。但是，現在他為傅時秋切脈之時，脈象雖仍有虛澀，卻較之前實實在在的有了極大的好轉，這或許意味著傅時秋以後不必月月看診，只留心一些禁忌便可如常人一般度日！

這怎麼可能！二十年的頑疾，有什麼道理一朝消散？還是在他落水受驚之後？

顧長德心疑不止之時，顧晚晴湊到了他的身邊，低聲道：「二叔，我有極重要的事和你說。」

顧長德心中一動，莫非……是她出手？

向眾人告罪，顧長德跟著顧晚晴來到一旁。顧晚晴鬼祟的看看左右，輕吁了一口氣，將聲音壓得極低：「二叔，你可知道顧家尋找手握紅痣之人繼任為天醫的真正含義？」

第二十六章

【回去種地吧】

聽了顧晚晴的問話，顧長德愣了愣，他不太明白這句話的意思。

尋手握紅痣之人繼任家主是顧家祖訓，上百年都是這麼傳下來的，雖然在本朝開國之時顧家傳承暫時有所中斷，族內記載與醫籍藥典都大量流失，但這條祖訓卻是代代口口相傳下來的，至於其中緣由，顧長德還真不知道是怎麼回事，他只知道顧家已有三代未出過手握紅痣的天醫了。前幾任天醫，包括他已故的大哥顧有德，都沒有紅痣，只是因醫術高絕才得以繼任天醫之位，可這並非是不從祖訓，而是沒有辦法，總不能看天醫之位空懸吧？

不過那個時候，沒了紅痣命定一說，天醫的選拔面縮小了很多，甚至有一脈相傳之勢，不說別的，他的爺爺便是大雍朝開國後的第一位天醫，父親是第二位，大哥是第三位，如果不是顧還珠突然出現，那麼一直作為天醫候選人而培養的顧長生，便將會是第四位。

只是……顧長德微微回過頭，看向站在眾人邊緣極沒有存在感的顧長生，暗中搖了搖頭，那孩子的資質與顧明珠不相伯仲，憑藉顧家的家學之淵、條件之便，只要好好培養，假以時日，怕不又是一個國手級的天醫神針，實在是……可惜了！

「妳這麼說是什麼意思？」轉回頭，顧長德面上帶了淡淡的不悅之色，他越想，越覺得顧晚晴這麼問是在以這件事來威脅他，「難道妳的紅痣已復？」說到這，顧長德眼中晃過一絲焦躁，「醫術恢復了嗎？」

顧晚晴老實的搖了搖頭，「不過……」

顧長德的臉色這才好了點，抬手止住她的話，「伸手我看。」

顧晚晴便將手伸出，給他看自己的手心。

白皙的手心中，印著兩顆豆沙色紅痣。顧長德看了半天，覺得這兩顆紅痣的顏色似乎鮮豔了點，可又不能確定，但總歸是沒有恢復成鮮紅色的，顧長德的心終於放下，緩聲道：「妳叫我過來到底所為何事？」

提起這個，顧晚晴笑容滿面，「二叔，我終於發現了這兩顆紅痣的用處！」她極為興奮的壓低聲音，「它可以讓病人無藥自癒，這才是天醫的真正含義，傅時秋就是我治好的，二叔，我是有能力做天醫的！」

顧晚晴一邊說一邊激動的盯著顧長德，她期待顧長德訝異驚喜，待真正瞭解她的能力後，便能讓她回到天醫小樓，重新擁有那塊神奇的天醫玉！可……等了半天，顧晚晴只見到顧長德先是不解，而後神情中多了些愕然，最後那眼神……就跟看見了瘋子似的。

這是不相信吧？顧晚晴微訕。不過不要緊！她也沒指望一兩句話就讓顧長德相信這件事，現在只是先說一聲，以防一會看完病出了宮，他一言不發把自己甩了，再想求見，應該會有難度的。

「這件事我們回去細說。」現在顧晚晴只要顧長德重視她的話，那就夠了。

顧長德很想對她嗤之以鼻的，紅痣能治病？她怎麼不說她是天仙轉世呢？以後誰有病都不用看大夫了，讓她摸一摸，賜點聖水什麼的不就行了？子不語怪力亂神，身為醫者，更應秉承醫道，鑽研醫術，豈能相信此等神怪之語！

顧長德心裡是否決了她的，可面上不好表現得太過，尤其現在這種場合，他們躲到一邊說話已經引起許多人的注意了。

「顧先生，」他們回去後太子便問：「可是時秋病情有變？」

太子坐在涼亭石凳上，傅時秋也沒起來，依然笑咪咪的坐在另一邊，不過顧晚晴總覺得他在看自己似的，等她看過去，他又在看別處，感覺十分怪異。

顧長德連忙上前交代了一下傅時秋現在的情況，又言得等與眾位太醫共同商議過才能有結果，

此舉贏得了在場太醫們的極大好感，須知有顧家人在場的時候，他們向來都是陪襯的角色，在場這幾位中就有曾被顧還珠支來喝去當僕役使，那是相當憋屈。

玉貴妃又向顧長德仔細的問了問傅時秋的病情，言語之中對顧晚晴極為不滿，不過礙於傅時秋的態度，她並沒有嚴辭追究，只是訓斥顧長德管教姪女不嚴，才會冒冒失失的闖下這等大禍！

顧長德除了伏低做小連連稱是外，也沒有別的辦法，只是心中對顧晚晴愈加不滿。顧晚晴卻一無所覺，她現在的全副心思都在自己的特異功能上，滿心想著回到顧府怎麼演示，怎麼拿回天醫玉，怎麼研究回去的辦法……

這時，一個微有發福的中年白面太監帶著兩個小太監由遠處急步而來，他遠遠的看見傅時秋好好的坐在那，似乎鬆了口氣，與身後的一個小太監交代兩句，待那小太監轉身原路返回，他才來到近前與眾人見禮。

玉貴妃免了他的禮，問道：「秦有祿，可是皇上傳召？」

秦有祿是當今聖上泰安帝的貼身近侍，聞言欠身道：「回娘娘，皇上正在路上，讓奴才先來探聽情況。如今傅公子無礙，當真皇天庇佑。」

玉貴妃聽說皇上正在趕來，心中不由對自己這個乾兒子又看重了幾分。

就在眾人準備接駕的時候，傅時秋突然道：「秦公公，我形容不整不宜此時見駕，能否請皇上移駕漪蘭殿？待我料理齊整再見駕？」

秦有祿見傅時秋雖已換上乾衣，但頭髮還是濕的，就那麼披散著，若是換了旁人，的確不適宜見駕的。不過他是傅時秋啊，秦有祿有把握皇上不會怪罪，更重要的是，皇上想上哪就上哪，哪有別人指定地方，要皇上去見的？

傅時秋又看向玉貴妃，手按胸口，「母妃，孩兒覺得胸口又有些疼了。」

玉貴妃站起身來道：「這樣吧，我去迎皇上，你使去漪蘭殿泡泡熱水驅驅寒氣。」說罷又與一眾太醫道：「你們都跟去。」她同意傅時秋的提議，最大的原因是，漪蘭殿是她的寢宮，皇上多去去自然是沒有壞處的。

玉貴妃發話，自然沒人不應，秦有祿也不再堅持，引著玉貴妃走了。

傅時秋這才起身，與顧長德笑道：「顧先生醫術高絕，請與我一起前往漪蘭殿面聖，向皇上說明我的病因。至於其他人嘛，不宜打擾聖駕，先行出宮去吧。」

這話一出，不僅顧長德，連向來溫和的太子袁祉玄都不禁側目。須知傅時秋落水，顧晚晴是直接責任人，別說有意無意，皇上一會是肯定要問話的，現在傅時秋如此，不必明說卻也讓人明白，這件事他攬上身了，如果一會泰安帝問起，自有他去應付，這是在維護顧晚晴，不讓她直面泰安帝的問詢乃至降罪了。

他為什麼要這麼做？

這是所有人心中的疑惑，包括顧晚晴。

顧長德對此卻是求之不得的，他一來擔心顧晚晴見到泰安帝會提退婚的事，又怕她頭腦發熱說什麼紅痣能治病這樣的妄言，巴不得能早點把她弄出宮去呢！

顧晚晴則有些為難，她既想留下來看有沒有機會說退婚的事，又不想在這個時候得罪顧長德，想了想，她還是把自己的利益擺在了聶清遠之前。她想，如果她成功當上天醫，那麼退婚的事必定會比現在進行得順利，如果她能從天醫玉中找到回去的辦法，那就更沒什麼可說的了，「顧還珠」還存不存在都是兩回事了，婚約自然也會取消。

於是顧晚晴依言拜別太子等人，與顧明珠和顧長生一道離開了御花園，臨走前她偷偷掃了聶清遠一眼，見他面色頗為不善，不由得又心虛起來，腳下的步子都加快了許多。

回去的時候顧晚晴還是與顧明珠同乘，不過很少開口。她不說話，顧明珠也保持沉默，不過偶爾看向她的目光還是十分好奇，顧晚晴想，肯定是在奇怪傅時秋對她的態度。

其實顧晚晴也在奇怪，雖然她救了他，但他本人應該不知道才對，怎麼就對她態度大變了呢？

不過顧晚晴很快就把這件事拋之腦後了，她更好奇她啟動異能後吸進來的那些「病氣」是如何消散的，透過水來化解大概是對的，因為上一次碰過那孩子後，孩子好轉了，她頭暈了，然後回家洗了洗手，洗出了好多髒水，那一定就是吸出來的「病氣」。

那剛剛是怎麼弄的呢？她可以肯定自己沒有沾到水，只有草……看來還是得多多試驗才行。

顧晚晴的心思都在這裡，自然沒空關心別的事，連之前十分同情好奇的顧長生都沒空去關注，急著盼顧長德回來。

顧長德並未讓顧晚晴久等，過了大半個時辰便也回到府中，有了傅時秋的周旋，泰安帝並沒有怎麼怪罪顧晚晴的意思，反而讚他醫術高明，治了傅時秋多年頑疾。顧長德清楚，自己今天是什麼也沒做的，想到傅時秋明顯好轉的病情，再想到顧晚晴說的話……他出了宮便急匆匆的趕回來，沒有片刻耽誤。

此時他正與顧晚晴在書房說話，顧晚晴重申了自己的觀點後，就叫來一個丫頭請顧長德切脈。那丫頭是顧晚晴回來後讓人在府中找的，染了風寒，病症十分清楚，顧長德不必搭手，只從那丫頭的狀態及面色中就能確定病症，不過想到顧晚晴之語關係重大，他還是伸手為那丫頭把了把脈，將她的病情再確定一次。

看到顧長德點頭示意，顧晚晴深吸了一口氣，把事先打好的一盆清水置於桌上，而後坐到那丫頭身側，神色鄭重的握上她的手掌。

顧晚晴曾想過自己將這件事告訴顧長德是不是有些魯莽，但她回去的心思太過急切，天醫她是一定要做的，最快的辦法就是使用異能。可對於醫道醫理她分毫不知，她就算想裝成醫術高明的樣子都不行，一旦顧長德問她有關醫理之道，她開口就會露餡，所以，還不如直接說了。

顧長德轉瞬不眨的盯著顧晚晴，不放過她與那丫頭的一絲神情。過了約莫一炷香的時間，他只見顧晚晴額上冒汗雙頰發紅，不由急奔至那丫頭身邊，按住那丫頭另一隻手腕，細細揣摩之下……

心中疑竇頓生。

「還珠……這丫頭……好像……沒怎麼樣啊……」

顧晚晴也傻了，是啊，怎麼會這樣！她努力了半天，想的都是「妳快點好妳快點好」，可手中沒有絲毫熱度產生，更別提那種沉重的感覺了。

我吸我吸我吸吸吸……

顧晚晴頭上那汗都是急的，可再急也無濟於事，那丫頭該流鼻涕就流鼻涕，該打噴嚏就打噴嚏。她呢，精神良好身體倍兒棒，看著桌上清晃晃的那盆水，顧晚晴只覺碩大的「嘲笑」二字撲面而來。

顧長德的面色徹底沉下了，他氣啊，他居然有幾分相信這種鬼話！瞪著顧晚晴，他的神情已不能單純的用「高興」或者「不高興」來區分了，都扭曲了。

「還珠。」他控制不住臉上的抽搐，一邊抽抽一邊咬牙切齒，「當初是妳主動說要去與義父義母同住，家裡並沒人逼妳，同樣，妳想回來也是隨便，何必編出一套這樣的謊話！」

顧晚晴耷拉著腦袋，徹底沒電了。

顧長德指著顧晚晴半天也沒再說出一個字，顧晚晴覺得，他是氣到無語了。

縮了縮脖子，顧晚晴訕訕的道：「我剛才大概是……沒控制好……要不，我再試試？」

她說得無比的小心翼翼，卻因此繃斷了顧長德僅存的理智神經。

「妳馬上給我搬回府裡來！」只聽顧長德猛然咆哮，「免得到處胡說丟我顧家的顏面！」

其實顧晚晴對自己再試也沒什麼信心，她也不明白問題到底出在哪裡，難道一切事情都是她的錯覺？她根本就不是超人？

看著顧長德幾乎雙目噴火的樣子，顧晚晴權衡一下，弱弱的說：「二叔……我還是回去種地吧……」

她好不容易才發現的超能力……怎麼又沒了啊？

《天字醫號01》完

敬請期待更精彩的《天字醫號02》

藥帖

【第一帖】

穿越：

紅痣　兩顆

天醫玉　一塊

仇家　眾多

委屈　少許

積極　十分

決心　一塊

奇✳幻✳愛✳情
知名文學網VIP
Google搜尋排名 前10
你究竟是誰……？
讓我畏懼、困惑，又不自覺的想要靠近……
－觸動✳星星之眼的淚－
星神魔女
NOVEL 魔女星火
ILLUST 水梨
01
前生的遺憾　今世的再逢
流轉時光，曠古千年の愛戀。
背負罪孽的惡鬼 與 眼藏辰星的少女
靈魂的共鳴，讓兩人 相遇 ，
又讓他們再度 靠近 ……
也許，命運早在一開始就計算好了？
12/26 以靈魂為誓
更多詳細內容請搜尋★
不思議工作室_
立即搜尋
典藏閣
采舍國際
www.silkbook.com
版權所有© Copyright 2012

獻給身為貓奴的人類，一部輕鬆、有趣，且帶有現實與魔幻的——
NekoiF ILLUS
都市貓
Hada della ciduad
Novel-微風婕蘭
一個平凡的夏日午後，一隻突然出現的虎斑貓，對著我說
「喂！你三天之後就會死。
接著，我眼中的世界變得不一樣了
鐮鼬、鳥身女妖、哥布林、史萊姆相繼出現‥
原來這個世界竟然真的有妖精存在
全四集全國各大書店、租書店、網路書店持續熱賣中
01死亡三日倒數計時
02夢想・混亂・上班族
03貓拳對狗掌之誰是守門人
04愛情與記憶的迷宮(END)
★更多詳細內容請搜尋★
不思議工作室
立即搜尋
典藏閣
采舍國際
www.silkbook.com
版權所有© Copyright 2012

新星作者竹某人+
超可愛畫風繪者MO子
聯手出擊!!
芙蓉仙傳
01. 芙蓉仙傳之
打工女仙我最大！
02. 芙蓉仙傳之
保鑣女仙我最威！
03. 芙蓉仙傳之
神探女仙我最讚！

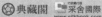

2012暑假最振奮人心的COOL勢力
讓你笑到噴淚的校園狂想曲！
我的黑貓家教
Miaow
龍雲意
X
重花
do、re、
mi、la……
這是fa，
不是la！
一隻文武皆優、
上天下地人見人愛的超級全能黑貓
一個成績吊車尾、
酷愛唱歌卻看不懂樂譜的音痴少女，
她承諾幫牠找到解除魔咒的方法，
牠則指導她作詞作曲練唱歌兼免費家教，
只是……
口哇伊的黑貓家庭教師 x 期待值零的全年級差生
2012/8/15超超超另類的課後輔導！！！
★更多詳細內容請搜尋★
不思議工作室
立即搜尋
典藏閣
采舍國際
www.silkbook.com
版權所有© Copyright 2012

飛小說系列043

天字醫號01

穿越成炮灰女配角

出版者■典藏閣
作　者■圓不破　繪　者■Welkin
總編輯■歐綾纖
製作團隊■不思議工作室
郵撥帳號■50017206 采舍國際有限公司（郵撥購買，請另付一成郵資）
台灣出版中心■新北市中和區中山路2段366巷10號10樓
電　話■(02)2248-7896　傳　真■(02)2248-7758
物流中心■新北市中和區中山路2段366巷10號3樓
電　話■(02)8245-8786　傳　真■(02)8245-8718
ISBN■978-986-271-305-1
出版日期■2013年1月

全球華文國際市場總代理／采舍國際
地　址■新北市中和區中山路2段366巷10號3樓
電　話■(02)8245-8786　傳　真■(02)8245-8718

新絲路網路書店
地　址■新北市中和區中山路2段366巷10號10樓
網　址■www.silkbook.com
電　話■(02)8245-9896
傳　真■(02)8245-8819

☞您在什麼地方購買本書？☜

□便利商店＿＿＿＿＿市／縣＿＿＿＿＿＿＿＿＿＿＿便利超商

□博客來　□金石堂　□金石堂網路書店　□新絲路網路書店　□其他網路平台

□書店＿＿＿＿＿＿＿市／縣＿＿＿＿＿＿＿＿＿＿書店

姓名：＿＿＿＿＿地址：＿＿＿＿＿＿＿＿＿＿＿＿＿＿＿＿＿＿＿＿＿＿＿＿＿＿

聯絡電話：＿＿＿＿＿電子郵箱：＿＿＿＿＿＿＿＿＿＿＿＿＿＿＿＿＿＿＿＿＿＿

您的性別：□男　□女

您的生日：＿＿＿＿＿年＿＿＿＿＿月＿＿＿＿＿日

（請務必填妥基本資料，以利贈品寄送）

您的職業：□上班族　□學生　□服務業　□軍警公教　□資訊業　□娛樂相關產業
□自由業　□其他＿＿＿＿＿＿

您的學歷：□高中（含高中以下）　□專科、大學　□研究所以上

☞購買前☜

您從何處得知本書：□逛書店　□網路廣告（網站：＿＿＿＿＿＿＿）　□親友介紹
（可複選）　□出版書訊　□銷售人員推薦　□其他

本書吸引您的原因：□書名很好　□封面精美　□書腰文字　□封底文字　□欣賞作家
（可複選）　□喜歡畫家　□價格合理　□題材有趣　□廣告印象深刻
□其他＿＿＿＿＿＿＿＿＿＿

☞購買後☜

您滿意的部份：□書名　□封面　□故事內容　□版面編排　□價格
（可複選）　□其他＿＿＿＿＿＿＿＿＿＿

不滿意的部份：□書名　□封面　□故事內容　□版面編排　□價格
（可複選）　□其他＿＿＿＿＿＿＿＿＿＿

您對本書以及典藏閣的建議＿＿＿＿＿＿＿＿＿＿＿＿＿＿＿＿＿＿＿＿＿＿＿＿＿＿

＿＿＿＿＿＿＿＿＿＿＿＿＿＿＿＿＿＿＿＿＿＿＿＿＿＿＿＿＿＿＿＿＿＿＿＿＿＿

未來您是否願意收到相關書訊？□是　□否

未來若有校園推廣您是否願意成為推廣大使？□是　□否

✎感謝您寶貴的意見✎

✌From＿＿＿＿＿＿＿＿＿＿＿＿@＿＿＿＿＿＿＿＿＿＿＿＿＿＿＿

♦請務必填寫有效e-mail郵箱，以利通知相關訊息，謝謝♦

印刷品

$3.5
請貼
3.5元
郵票

235 新北市中和區中山路二段366巷10號10樓

華文網出版集團　收

（典藏閣－不思議工作室）